小学館文庫

ダンデライオン

中田永一

小学館

プロローグ

二〇一九

下野蓮司(かばたれんじ)は腕時計を見て日付が変わったのを確認する。二〇一九年十月二十一日零時。駅からのびる遊歩道の途中に噴水があり、そのベンチに腰かけて旅立ちの瞬間を待っていた。

街灯に照らされる足下を、白色の綿毛が風にふかれて流れていく。暗くてよく見えないが、今も上空には白色の無数のたんぽぽの綿毛がただよっているはずだ。どこかの地域に群生地があり、そこから大量に飛ばされてきたのだろうと推測されている。季節外れの現象だが、学者によれば異常気象の影響らしい。これと同じ現象が、二十年前にも起きている。

遠くからパトカーのサイレンが聞こえてきた。信号無視の車両を追いかけて停止をうながすような拡声器の声。蓮司はスーツのポケットから紙片を取りだす。体をねじると、腹に貼ったガムテープが引っ張られてすこし痛かった。

その紙片は、小学生時代に使用していたノートの切れ端で、走り書きされた文字がならんでいた。何度も読み返したせいでしわだらけになっている。

2019-10-21 0:04

ベンチで待機
パトカーの音
犬が三度鳴く
背後から殴られる

腕時計を確認する。零時三分。紙片に書かれた日付の時刻まであと数十秒だ。

パトカーのサイレンは遠くなり、聞こえなくなった。

今度はどこかで犬のほえる声がする。紙片に書かれてある通りだ。

一回、二回……。

最近は野良犬なんて見かけないので、だれかの飼い犬にちがいない。深夜に犬を散歩させている人がこの近辺にいるのだろう。

さらにもう一回……。

三度目の犬の声がして、またしずかになる。

疑っていたわけではなかったが、その通りになって、ほっとした。

もしも書いてある通りにならなかったら？　という不安がすこしだけあったのだ。

背後に気配を感じる。何者かが音をたてないようにちかづいてくる息づかいだ。これから蓮司の頭を殴るのは、三人組の若者で、金品を狙っての犯行である。そのことは事前に把握していた。紙片のメモ書きにはそこまでの詳しい記述がないけれど、これから起こることを目撃していた人物に、直接、聞いたことがある。

その三人組との深い因縁はない。今晩、この場所で狙われたのは、まったくの偶然だ。若者たちはこの場所を通りかかり、無防備な姿でベンチに腰かけている下野蓮司を見かけて、犯行に踏み切ったのだろう。

彼らの一人が棒状の武器を手に背後からちかづいて、一撃を蓮司の後頭部に放った。脳をゆさぶられたような衝撃が起こる。蓮司はベンチからくずおれるようにたおれてうごかなくなった。彼らは蓮司の手首から腕時計を外し、スーツのポケットを探る。財布を見つけて引き抜いたとき、どこかで、だれかの叫ぶ声がした。警察を呼ばれるとおもったのか、三人組はその場から逃げ出した。

ベンチのそばに倒れている下野蓮司の意識はすでにない。手の中にあった紙片が風に流されて地面をすべっていき、どこかに消えた。

一章

二〇一九

目が覚めてからも、すこしの間、ぼんやりしていた。カーテンの隙間からさしこんでくる光を見つめてすごす。それからふと、ここはどこなんだろう、とかんがえた。どれくらい、僕はねむっていたのだろう。しらない部屋のベッドだ。湿布薬のにおいがする。部屋の造りから病室らしいとわかった。

身を起こそうとすると後頭部に強烈な痛みがおそう。頭に包帯をまかれていた。全身が気だるく重たい。頭の痛みに耐えながら、ベッドに腰かける。

最後におぼえている記憶をたぐりよせた。僕はおそらく気絶したのだ。そして病院につれてこられた。あれから試合はどうなったのだろう？

バッターの打ったボールが自分にむかって飛んでくる。その瞬間を明確におもいだすことができた。白球が目の前にせまって、咄嗟にグローブで受け止めようとするが間に合わなかった。僕が抜けた後、だれが引き継いで投げたのだろう？　前から打球が飛んできたのに、頭の後ろの方が痛いのは奇妙だけど、ころんだときに地面で打ってしまったのかもしれない。監督やチームメイトに謝りたかった。せっかくの練習試合を最後までいっしょにプレイできなかったことを。

視界の隅にある、自分の腕や胸元を見て、おかしなことに気付く。野球の途中で搬送されたとすれば、僕はいつものユニフォーム姿のはずだ。しかし今は白色のシャツに腕を通している。見慣れない服装だ。シャツに紺色のスーツのズボンだなんて。

全身を確認しようと立ち上がる。ひんやりとした床に足をつけて体をのばしていくと、視界がぐんぐんと高くなっていく。強烈な違和感があり、途中でベッドのふちにしがみついた。立ち上がったときの目の位置が、いつもよりも高い。おもわず「落ちる！」と錯覚した。

自分では気付かなかったが声を出していたらしい。病室の扉を開けて、看護婦が顔をのぞかせた。

「起きたんですね、よかった。だけどまだ、安静にしててください」

看護婦は僕のそばにやってくる。

「お名前はわかりますか？」

「下野です、下野蓮司……」

寝起きで声がうまく出てこなかった。

「あの、監督は？　試合はどうなったんですか？」

看護婦は怪訝な表情をする。彼女の手首の腕時計が十時五十分をさしていた。

「学校にもどらないと」

試合は終わっているかもしれないが、学校のグラウンドにもどれば、まだチームメイトがのこっている時間だ。

「だめです。脳のCTは問題ありませんでしたが、念のため今日は安静に過ごしてください。経過を観察しないと。午後から警察の方がおみえになるそうですし」

警察？　どうして？　それよりもすこし気になったことがある。看護婦の背丈が僕の胸元までしかないのだ。大人の女性なのに。全体的に世界がすこし縮んでいた。いや、ちがう。僕の方が大きくなっている？

「あ、あれ？　何だこれ……？」

両手を確認する。記憶の中の自分の指より長く、骨張っていた。

「大丈夫ですか？」

看護婦が心配そうにしている。部屋のすみの壁に鏡があった。僕はよろめきそうになりながら、そこにむかう。慣れない高さの視界がきもちわるい。鏡の前に立ち、自分の顔を映す。他人の顔が鏡の中にあった。おどろいて鏡から遠ざかり、もう一度、おそるおそるのぞきこむ。いや、これは僕の顔だ。だけど他人に見えたのは、それが大人の顔立ちをしていたせいだ。頭の包帯に押さえつけられていたが、それなりの長さの髪の毛もある。僕は頭皮が見えるほどのみじかい丸刈りだったはずなのに。

看護婦が後ろに来て、鏡ごしに僕と目が合う。

「昨晩、あなたはベンチに座っていたところを襲われたそうです。こんなことになって、混乱されているでしょうね」

「ち、ちがう……」

「え？」

「それ、僕じゃないです。しりません。僕は、野球をしてたんです、練習試合を……」

看護婦に説明した。自分はまだ小学生であること。少年野球チームの練習試合で打球を受けたこと。目が覚めたら急に背丈がのびて大人になっていること。看護婦は始終、怪訝な顔をしていた。

看護婦は、白衣を着た中年の男性を連れてくる。胸元に【加藤】という名札をつけた人物だ。医師はベッド脇の椅子にすわり、僕の身体的なチェックをおこなう。

目の充血の様子や脈拍について手早く調べた。

「頭は？　ずきずき痛い？」

「ゆっくりうごけば、あんまり痛くはないです」

「自分の年齢を言ってごらん」

「……十一歳です」

医師は、ちらりと看護婦と視線をかわす。

鏡に映った僕は大人の姿だ。しかしそう答えるしかない。

医師は、むずかしそうな表情をする。

「記憶が混濁しているのかもしれない」

「記憶……？」

「きみが最後におぼえている光景は？」

「野球をしてました」

「西暦何年のことだったか、おぼえてる？」

「一九九九年です」

「じゃあきみは、この二十年間ほどの記憶がすっかり抜け落ちているわけだ」

「え？　どういう意味ですか？」

「今は西暦二〇一九年。きみは頭を殴打された衝撃で記憶障害が起きている。いつのまにか自分が大人になってしまったように感じられているかもしれないが、実際はここ二十年間のことをおもいだせないのだとおもう」

自分のおかれた状況を理解するには時間がひつようだった。頭部外傷を原因とする健忘状態、いわゆる記憶喪失なのだ、と説明をうける。

消えてしまった二十年分の記憶はどこへ行ってしまったのだろう？　まだ頭の中のどこかにこびりついているのだろうか？

過去のケースによれば、ふとした瞬間におもいだすこともあるそうだ。不安で泣きたくなるのをこらえて、病室の窓に目をやる。

「……ここは、どこです？」

「東京だよ。新宿だ」

「新宿⁉」

窓辺にちかづいて景色をながめる。灰色の空の下に全面窓ガラスのビルがいくつもならんでいた。東京には旅行に行ったこともなかったし、テレビでしか見たことがなかったから、目の前に実際にその街並みが広がっていることにおどろかされてしまう。

記憶障害だと言われても納得できない。ついさっきまで僕は小学生だった。それがいきなり大人の体になっているし、東京に移動しているし、全然わけがわからない。

「家族の連絡先はおぼえてる？　事情を話しておいたほうが良さそうだ」

僕は自宅の電話番号を伝えた。医師は白衣のポケットから手のひらサイズの黒色の板状のものを取り出す。

「あの、それは何ですか？」

気になって質問してみると、医師と看護婦が「え？」という顔つきになる。それはスマートフォンと呼ばれる携帯電話みたいなものだとおしえてもらった。

「これをしらない人は今どきめずらしいかもな。きみが小学生のころは確かに二つ折りの携帯電話が主流だったね」

医師は板状の機械を操作する。表面を指でタッチすると、魔法のように画面が表示される。まるでSF映画に出てきそうなアイテムだ。医師は電話番号を入力した。しかしすぐに首を横にふる。

「だめだ。この番号は使われてないって」

「え、そんな……」

「この二十年の間に、きみのご実家は引っ越してしまったのかもしれない。そのせいで電話番号が変わってしまったんじゃないかな。この市外局番は東京じゃないね。ご実家はどこの県？」

「宮城県です。宮城県の海沿いの町に住んでいました」

さっきまで小学生の僕はそこで暮らしていた。風にまじる潮のにおいもおぼえている。両親は近所の人たちとも仲良しで、引っ越すなんて想像もできない。

「東北の海沿い……」

看護婦がつぶやいて何かを言いたそうにしていた。医師がその先を制するように彼女を見る。僕はその雰囲気に嫌な予感がした。

「何です？」

医師が肩をすくめた。

「何でもないよ。ご家族への連絡は、ひとまず保留だ。そういえば、きみに渡さなくてはいけないものがあった。例のものを持ってきてくれ」

看護婦はうなずいて病室を出て行ったが、すぐにまたもどってくる。

彼女の手には、厚みのあるA4サイズほどの封筒が握られていた。

「下野君、これに見覚えはあるかい？」

医師は封筒を僕に見せる。僕は首を横にふる。

「これは、きみのお腹に貼られていたものなんだ」

「お腹に？」

よく見ると封筒の片面にガムテープが貼ってある。まるでどこかにガムテープで固定されていたものを、はがしてきたような見た目だ。看護婦が他の人に呼ばれて部屋を出て行ったので、僕と医師の二人だけになる。

「担架にのせるとき、救急隊員が気付いたそうだ。きみの持ち物はすべて盗られてしまったが、これだけは無事だった。はがして保管しておいたんだよ。中身は我々も見ていない」

封筒を渡される。内側にクッションのついた、衝撃を吸収してくれるタイプの封筒だ。筆箱でも入っているような重みと厚みがあった。まだ開封されてはいない。

「僕はどうしてこんなものをお腹に？」

「こっちが聞きたいよ」

犯人は所持品の一切を持ち去った。だけどこれだけは、こうして手元にのこっている。これの存在には気付かなかったのだろう。大人の僕は、東京で暴漢におそわれるのを警戒して、常日頃から大事なものをお腹に貼り付けて外出していたのだろうか。東京ってそれくらい怖い場所なのかもしれない。

封筒の上部を指でやぶって中を確認する。一枚の便せんと、数枚の紙幣、テープレコーダーが入っていた。それらをベッドの上にならべる。紙幣は三枚あり、すべて一万円札だ。僕は便せんを手にとり、書かれてある一文を読む。僕の戸惑いを見て、医師が聞いた。

「私が読んでもかまわない？」

「あの、それが……」

「やめたほうがよければ」

「いえ、ぜひ読んでください。これ、加藤先生宛です」

怪訝な顔をする医師に僕は便せんを手渡す。彼は一読して眉をひそめた。

加藤先生へ

頭部のCT検査他、諸経費を同封しましたのでお納めください。

下野蓮司より

目の前で手紙を読み返す医師の名札をあらためて確認する。彼の名前は確かに【加藤】だ。しかしその文章を僕が書いたとき、彼が担当につくことを事前に把握できていたはずがない。頭を殴打されるよりも前に書かれたことはまちがいないからだ。

「これは、どういうことなんだ……？」

医師が困惑している。僕の記憶障害というだけでは片付かない薄気味悪さがあった。

無言の病室にノックの音がする。看護婦が扉をあけた。

「加藤先生、ロビーまで来ていただけますか？」

「ああ、わかった」

医師は僕に便せんを返して立ち上がった。

「すぐにもどってくる」

医師はそう言うと病室からいなくなる。

さて、どうしよう。一人でのこされた僕は、ためしにテープレコーダーを手に取った。

カバーの一部が透明で、カセットテープが入っているのがわかる。家にある古いラジカセとボタンの配置が似ていた。再生ボタンを押すと、小気味の良い感触とともに再生をはじめる。聞こえてきたのは男性の声だった。

こんにちは下野蓮司くん。

だれの声だろう？　わからない。

きみは戸惑っているかもしれないが、その気持ちはよくわかっているつもりだ。なぜなら僕もずっと以前におなじ状況を体験したから。

本当に？　こんな状況を体験した人物がたくさんいるとはおもえない。しかし、どこかで聞いたことがあるような、ないような声だ。

説明がむずかしいけど、加藤先生から言われたような記憶障害なんかじゃない。きみは確かに十一歳の下野蓮司なんだ。

練習試合で頭にボールを受けたせいだとおもう。

この現象について僕は様々な推測をたててみた。

だけど今はゆっくりと説明することはできない。

なぜならきみのいる病室に、そろそろおむかえが来るからだ。

十一歳の下野蓮司、靴を履いて、壁にかけてあるスーツの上着を着てほしい。


ベッドのそばに革靴が置いてあった。壁にハンガーで上着が掛けられている。テープに声を吹きこんだ人物は、この病室の光景をすでに見たことがあるのだろうか。この部屋を見たことのある人物は限られている。加藤医師や看護婦ではないとすると、だれだ？


ところで僕は声変わりもしたし、テープに吹きこんだ自分の声は他人のものに聞こえるから、気付かなかったかもしれないけど、僕はきみだ。

大人になった下野蓮司だ。

きみの今の状況は十一歳のときに体験している。

だから、きみの混乱はよくわかっているつもりだ。

どういうこと？　全然、意味がわからない。テープレコーダーの音声が、僕の名前を名乗っているけど、正気とはおもえない。

部屋がノックされた。医師がもどってきたのかとおもったが、扉を開けて顔をのぞかせたのは見覚えのない女の人だった。

「蓮司君……！」

その人が僕の名前を呼ぶ。

ベッドに腰かけている僕を視界にいれて、彼女の目が、ほっとしたようにやわらいだ。

テープレコーダーが言った。

彼女はきみのしりあいだ。

ついて行くといい。

ナビゲートしてくれるはずだ。

彼女とはきっと長いつきあいになる。

あんまり怒らせないようにするんだぞ。

病室を出て、スーツの上着に腕を通しながら病院の廊下をあるいた。少年野球チームのユニフォームとちがって、袖の裏側の生地がすべるような感触だ。するすると手が入っていく。

病室をたずねてきた女性が前方をあるいている。時々ふりかえって僕がついてきているのを確認していた。彼女は何者だろう。病室を出るとき、テープレコーダーは彼女が回収したが、手紙と紙幣はベッドの上にのこしてきた。

数名の看護婦とすれ違う。一人が僕の顔を見て、視線で追いかけるような仕草をした。気づかれた？　階段を降りて下の階を目指す。足を踏み出すたびに、包帯の巻かれている頭が鈍い痛みを発した。

「蓮司君、こっち」

名前のわからない女性が僕を手招きして、病院の裏口らしき扉を開ける。彼女が名前を口にするのは二回目だが、僕の名前を呼びなれているという印象があった。

裏口を出ると、のっぺりとした壁の狭間だ。この病院はいくつもの棟を持ち、それぞれが渡り廊下でつながった構造をしているらしい。

「ちかくに車を駐めてる」

彼女について歩くうちに、頭の包帯がほどけてくる。地面にひきずらないように包帯をたぐり寄せていると、白色の綿毛が飛んでいることに気付いた。なぜか不思議な気持ちになる。病室で目が覚める前、少年野球チームの練習試合に参加していたときも、たしか綿毛がたくさん飛んでいた。ここは二十年後だと聞かされたが、まるで地続きの一日にいるようにおもえてくる。

駐車場には数台の車が駐まっていた。僕をむかえにきた女性がキーを取りだしてボタンを押すと、車の一台が電子音を発してライトを明滅させる。二人乗りで小型の速そうな車だ。彼女は運転席のドアを開けて乗りこんだ。

「蓮司君、さあ乗って」

おそるおそる助手席のドアを開け、シートベルトを締める。彼女はハンドルに片手をのせた状態で僕に視線を注いでいた。とても心配そうだ。

「頭はもう平気？」

手をのばして後頭部にふれようとするので、僕はおもわず身を引いてしまう。彼女は途中で手を引っ込めた。

「私は西園（にしぞの）小春（こはる）。東西南北の西に、動物園の園、小さな春と書いて小春」

「僕は下野蓮司です。漢字は、ええと……」

「しってる」

「え？」

「しってるよ」

彼女は目をほそめて口元をほころばせる。その表情には、家族を見るときのような親しみがあった。おどろいたことに、すこしだけ泣いている。目がほのかに赤い。戸惑っていると彼女は言った。

「ごめんなさい、気にしないで。何かちょっとうれしかったから。蓮司君にとっては、今日がはじめましてなんだよね。あなたの人生において私が存在する最初の地点がここなんだ。そうおもうと、感慨深い気持ちになっちゃって。これからよろしく、蓮司君」

西園小春と名乗った女性はエンジンをかけて車を発進させる。頭から外れた包帯は、車に乗りこむときにとれてしまった。ミラーを確認すると駐車場に落ちた白い包帯が映る。加速とともに遠ざかって、それもすぐに見えなくなった。

車は都会の路地を抜けて高速道路に入った。僕は西園小春と名乗った女性をそっと横目で確認する。きれいな人だった。家の玄関に置いてあった白い陶磁器の置物をおもいだす。母がどこかで買った土産物で、華奢で品のある女性の形をしていた。

あれにすこし似ている。

「あの……、僕のことを、しってるんですか？　あなたは、一体……」

「もちろんしってる。それに、蓮司君が今日こういうことになるのは、ずっと以前からわかってた。あの病院で目が覚めることも、あなたから聞いていたし。今度、結婚するんだよ」

「結婚されるんですか？」

「そう」

「それは、おめでとうございます」

彼女は運転しながら怪訝な表情でちらりと僕を見る。

小春というこの女性はもうすぐだれかと結婚するらしい。

「他人事（ひとごと）みたいに言ってるけど、私と蓮司君が、今度、結婚するの。後は婚姻届に証人のサインをもらうだけ」

彼女はハンドルを操作して車線変更する。トンネルに入るとオレンジ色の照明が車内に差しこみ、彼女の指輪が光った。

一九九九

　布団の中から時計を確認する。十時五十分。日曜日なので、ごろごろしていてもゆるされるはずだ。このまま昼くらいまで寝ていようか。下野真一郎（しんいちろう）は昨晩おそくまでゲームをしていた。一応は高校受験のための勉強も、ゲームの前に五分か十分ほどやった。本番まで半年以上あるから、まだ本気にならなくてもいいだろう。

　電話をする母の声が階下から聞こえてくる。会話の内容はよくわからなかったが、「え⁉」とか「そんな⁉」などとおどろいたような声を出している。気になったので、布団から抜け出し、眼鏡をかけて階段をおりた。

　一階に設置された家の電話機に、通話を終えて母が受話器をおろすところだった。

「何かあった？」

「蓮司が倒れたって」

「倒れた？　どうして？」

「バッターの打ったボールが、頭に当たったみたい」

　真一郎には蓮司という名前の弟がいる。小学五年生だ。確か今日は隣町のチームと練習試合を行っていたはずだ。真一郎がゲームをしている部屋のとなりで、弟は翌日の試合にそなえて早めに寝息をたてていた。

真一郎はスポーツに興味を抱いたことはない。体育はいつも成績がわるかった。一方、蓮司は正反対で、運動はできるのに、勉強はさっぱりできないタイプだ。物覚えがわるいほうではない。だけど弟の目には野球しか見えていないのだ。

「試合の途中だけど、今から監督さんが車で連れ帰ってきてくれるって。病院に連れていこうとしたら、家で休みたいって蓮司が言ったらしいの」

弟はマウンドで倒れて、一時的に気をうしなっていたらしい。落ちつかない様子で母は家の中を行ったり来たりする。父は近所のコンビニエンスストアまで煙草(たばこ)を買いに出かけているようだ。

ダイニングのテーブルにラップをかけた真一郎の朝食の皿があったので、それを電子レンジで温めた。ふと、真一郎はすこしだけ違和感を抱く。

以前、蓮司が風邪をひいて試合に出られなかったときのことだ。自宅で安静にしていなくてはならないのに、弟は仲間の応援のために布団を抜け出して試合会場まで行ってしまった。それほど野球に熱心な弟が、途中でマウンドを降りることになった試合を最後まで見ずに帰ってくるという。チームメイトの応援への意欲をうしなわせるくらいに頭の負傷がひどいのだろうか。

真一郎は温めたご飯と芋煮を食べる。芋煮と呼んでいるけれど実際は豚汁のようなものだ。外で車の音がしたので食事を中断する。サンダルをひっかけて外に出てみたら、白色の綿毛のようなものが目の前をよぎった。たんぽぽの綿毛だ。数日前から風にのって無数の綿毛が日本列島の上空をただよっている。綺麗(きれい)といえば綺麗だったが、洗濯物につくため、母は迷惑におもっているようだ。

少年野球チームの監督の軽自動車が家の前に停車した。母が運転席の監督と挨拶をかわす。どちらも恐縮した様子だった。後部座席のドアを開けて、丸刈りの頭に氷嚢(ひょうのう)をあてているユニフォーム姿の蓮司が出てきた。背丈は真一郎よりもずっと低い。バットを挿したバックパックを携えている。

「蓮司、頭、大丈夫か？」

「兄貴……！」

蓮司は真一郎の顔を見て、すこし噴き出していた。何がおかしいのか、わからない。

「なんだよ」

「ごめん、なんでもない」

蓮司は母の顔を見ても顔をにやにやとさせていた。さらには下野家の木造家屋を前にうごかなくなる。

「どうかしたのか？」

「うん。まだあるな、とおもってさ」

「そりゃあ、あるだろ。家だし」

蓮司は、細部まで目に焼き付けるように家を見ていた。母への事情説明が済むと、監督は軽自動車でグラウンドにもどっていく。車が見えなくなると蓮司に聞いた。

「よかったのか、最後まで試合を見なくて」

「気になるけどね、今日はちょっと別件でいそがしい」

家に入ると、弟は玄関で靴を脱いで、飾ってある白色の陶磁器の置物をまじまじと観(み)ていた。洗面所へむかうと、泥まみれの手や顔を自主的に洗う。真一郎は母と視線を交わした。母も蓮司に対して違和感を抱いたらしい。

蓮司の脱いだ靴は、左右がばらばらの場所でひっくり返っているのが常だ。なのに、さきほど脱いだ野球のスパイクは玄関でならんでいる。野球の練習から帰宅した蓮司はいつも、手洗いを怠って注意されていた。今、洗面所からは、うがいをする音まで聞こえてくる。

「今日はずいぶん行儀がいいじゃない」

「頭を打って、おかしくなったのかもしれない」

真一郎は母に言った。

顔を洗った蓮司が、天井や廊下を見てまわり、柱の傷を指先でさわっていた。どことなく、なつかしそうな表情をしていたが、なぜなのかはわからない。

玄関扉が開いて父がコンビニからもどってきた。新聞や煙草の入った袋をさげている。定期購読している新聞が休刊日なので買いに行ったらしい。

「お帰り、お父さん」

「ただいま。蓮司、おまえ、試合じゃなかったのか？」

訝（いぶか）しむ父に母が説明をする。その横で蓮司がレジ袋から新聞紙を抜き取って読みはじめた。弟が今まで新聞に興味を示すなんてことあっただろうか。真一郎は弟にちかづいて新聞紙をのぞきこむ。拳銃の密輸に関する記事が大きく取り上げられていた。密航船から見つかり、警察が押収した小型拳銃の写真が掲載されている。しかし蓮司の視線は新聞の日付のあたりに向けられていた。

一九九九年四月二十五日。

弟は満足そうにうなずくと、新聞紙を折りたたむ。

×　×　×

下野蓮司は階段を上がり、二階の自室へと入る。なつかしい家具や小物がならんでいた。シールを貼った勉強机、くたくたになったランドセル、野球のサインボール。ひとつひとつながめていたいけれど時間が惜しい。

まずは筆記具とノートを探した。乱雑に積んである教科書をよけると、一度も使用されていないノートを発見する。表紙を見たとき感慨深い気持ちになった。そのノートがこの先、自分や周囲の人たちに大きな影響を及ぼしながら関わってくることを蓮司はしっている。

表紙をめくり、何も書かれていない一ページ目に数行の文章を走り書きした。

2019-10-21　0:04
ベンチで待機
パトカーの音
犬が三度鳴く

背後から殴られる

ついさきほど体験した出来事の羅列だ。わすれないうちに書いておきたいという衝動のまま筆記具をはしらせてしまったが、よくかんがえるとわすれるわけがない。何度も読み返し、暗唱できるほどにおぼえている文面だ。

目が覚めたとき、野球のマウンドに横たわっていた。監督やチームメイトが心配そうにあつまっていたのだが、なつかしい顔ばかりで、頭の痛みをわすれておもわず笑ってしまった。そのせいで、監督からよけいに心配されてしまう。

「大丈夫か、蓮司……？」

体が十一歳になっていることに戸惑いはなかった。そうなることをあらかじめしっていたからだ。マウンドを降りた蓮司のかわりに、同級生が引き継いで投げてくれることになった。彼はこの後、何点かとられてしまうが、満塁のピンチを切り抜けて、チームを勝利に導くこともわかっている。この日の試合の経過について後に聞かされたからだ。

蓮司は自分の部屋を見回して、今日一日、少年時代を堪能できたらどんなにいいだろうかとかんがえる。しかし自分にはやらなくてはいけないことがある。旅支度を整えるため、バックパックを空にした。水筒やタオルや野球のグローブを取り出すとき、グローブの革の匂いが鼻をくすぐった。顔をグローブにうずめて息を吸いこむ。

空に高くひびきわたる、白球を打つ音。

投げたボールが、キャッチャーミットにおさまる音。

地面を蹴って、走り、落ちてくるボールを捕る。

いくつもの場面が頭の中をかけめぐる。

自分はこの時期、毎日、過去をふりかえることなく白球を追いかけていた。野球選手になることを夢に描いて、その努力はかならずむくわれるのだと信じていた。

そのことをおもいだし、胸が締めつけられるような気持ちになる。

×　　×　　×

私服に着替えた弟が階段を下りてきて、泥のついたユニフォームを脱衣所の洗濯かごに入れる。真一郎が居間で携帯ゲーム機をプレイしていると声をかけられた。

「兄貴、お金、貸してもらえない？」

蓮司はマジックテープ式の財布をばりっと開いて見せた。見事に空っぽだ。

「いやだよ。何につかうんだよ」

「ちょっと今から遠出したいんだ。お金がないと何もできない」

「寝てろよ。ほんとうは病院に行ったほうがいいくらいだ。それに、ゲーム買ったからマジでお金ないんだって」

蓮司は困ったように財布をばりばりと開け閉めさせていたが、真一郎の持っている携帯ゲーム機を見て目をかがやかせた。

「なつかしいな、それ！　ワンダースワンだっけ⁉」

「なつかしいって、なんだよ。先月、出たばっかだぞ」

真一郎はすでにゲームボーイもネオジオポケットも所有していたが、『GUNPEY』というソフトをプレイしたくてワンダースワンも買ってしまったのだ。弟に貸せるお金なんてあるわけがない。蓮司は丸刈りの頭をちかづけてきてワンダースワンの画面をのぞきこむ。

「あれ？　画面って白黒だっけ？　ああ、カラーが発売されるのはまだ先か……」

ぶつぶつと弟は意味不明なことをつぶやいていたが、気にせずに真一郎が『GUNPEY』で遊んでいたらどこかへ行ってしまった。両親の寝室から物音がするのを聞いたけれど、気にはしなかった。

しばらくして外から話し声が聞こえてきたので、窓の外を見ると、蓮司と父が会話していた。父はほうきで庭先を掃いている。蓮司はバックパックを背負って自分の自転車を引っ張りだしていた。蓮司は父に手をふると、自転車にまたがって、走り去ってしまう。

「蓮司のやつ、どこ行ったの？」

家にもどってきた父に聞いてみた。

「なんか、人助けに行くって、言ってたぞ」

「人助け？」

「帰宅が深夜になるかもしれないけど、心配しないでほしいそうだ」

「……あいつ、頭を打って、何か変な感じになってるんじゃないかな」

「やっぱり、引き留めておくべきだったか……」

父は後悔しているような表情をする。

午後になり、母が買い物に行くための準備をしているときだった。どこを探しても財布が見当たらないと騒ぎ出す。もしかしたら蓮司が持ち去ったのかもしれない、と真一郎はかんがえた。両親の寝室から聞こえてきた物音は、弟が母の財布を探している音だったのではないか。そのことを母に報告する。

「もう！　車が出せないじゃない！」

運転免許証を財布の中に入れていたので、蓮司がもどってこないかぎり買い物にも行けないらしい。帰ってきたらしかってやろうと母は息巻いていたが、夕方になり、さらに夜がふけて、外が真っ暗な時間帯になっても蓮司はもどってこなかった。

二〇一九

混乱していた。隣で運転をしている女は、西園小春と名乗り、もうじき僕と結婚するのだという。初対面なのに結婚する？　いや、彼女は僕のことを以前からしっているみたいだった。理解が追いつかない。少年野球のチームメイトにも女の子とつきあっているやつなんていなかったし、そもそも女の子のことなんて気恥ずかしくて話題に出たこともなかった。結婚なんて、遠い世界の話だ。

僕はシートベルトを握りしめる。何かをつよく握っていないと不安だ。車が高速道路のトンネル内を走行する。

「安心して。蓮司君のお父さんやお母さんにも、挨拶はすませてあるんだから」

「会ったんですか？」

「いっしょにご飯を食べたよ。お兄さんもいっしょだった」

「みんなで？」

「うん」

「さっき家に電話をかけたのに、つながらなかったんです」

「いろいろあったけど、全員、元気に暮らしてる」

「よかった……」

目が覚めて見知らぬ場所に放り出され、ずっと心許(こころもと)ない状態だった。自分の家族に会ったことがある、という報告だけで、そこはかとない安心感がある。嘘(うそ)をついているという可能性もあるが、何となく本心で彼女は話しているような気がした。もしも赤の他人だったら、僕に兄がいるかどうかもしらないはずだし。

「でも、どうしてこんなことに」

「テープレコーダーのつづきを聞いてみない？　どうしてこうなったのか、の説明が入ってる」

彼女はひざの上に置いていた鞄(かばん)から手探りでテープレコーダーを出す。受け取って再生ボタンを押すと、しばらくは無音だった。高速道路のトンネル内にも分岐や合流地点があり、前後を行く車が入れ替わる。どの車も似たようなスピードだから、止まっているように見えた。やがて音声が流れはじめる。

今はもう遠い記憶になってしまった。

だけど、車の中で交わした会話は何となくおぼえてる。

きみは大人になりある時点で彼女に再会する。

結婚を決めたのは割と最近だ。

だけど今は時間跳躍現象について説明しよう。

きみは夕方ごろにその体を抜け出して元の体にもどることができる。

それから二十年、今日という日が訪れるまで、この不思議な一日のことをかんがえない日はなかった。

僕たちの意識が時間を飛びこえてしまったのは、おそらく、頭に受けた衝撃によるものだ。

少年野球チームの練習試合でマウンドに立っていたきみは、打球を頭に受けて昏倒した。

そのとき、脳と時間を関連づける箇所が壊れてしまったんだとおもう。

その結果、意識が時間軸を手放しやすい状態になってしまったのだろう。

理解できなくて小春を見る。彼女は肩をすくめた。

「私も理解できないから気にしなくていい」

前方に銀色の筒状のタンクを積んだ車両が走行していた。僕たちの車がタンク後方の曲面に映りこんでいる。空間がぐにゃりとゆがんで、放射状にトンネル内の照明が吸いこまれていくように見えた。

テープレコーダーの音声は話をつづける。

僕たちの意識は世界を観測しながら時間軸にしがみついて移動している高速道路の車みたいなものだ。

きみが乗っている車に猛スピードで何かがぶつかって、きみの体は外に投げ出されてしまったとしよう。

衝撃できみは空中を舞う。

まるでたんぽぽの綿毛のように。

そのとき、運転席が空っぽのまま走行している見慣れた車を発見して、きみはその中に飛びこんだ。

それが今の状態だ。

打球を受けて肉体から弾き出されたきみの意識は、二十年後の今日という日の僕の肉体を見つけて入りこんでしまった。

聞いているかもしれないが、僕も昨晩、似たような衝撃を頭に受けていたから、意識が弾き出されて、ちょうどおなじ状態だったんだ。

　空っぽの車だったというわけ。

　二十年の時間を飛びこえて、きみは僕の体を発見し、僕はきみの体を発見し、それぞれ入れ替わるように入りこんでしまった。


　入れ替わるように？　僕は困惑して自分の頭を触る。髪が伸びており、指の間に入る感触がする。いつも丸刈りだったから髪が煩わしい。


　僕たちは一日を交換した。

　そうかんがえるとわかりやすい。

　少年時代の僕と、大人になった僕の一日が入れ替わった。

　偶然に頭をぶつけた一日が存在して、その日だけ交換されたのだ。

　少年時代の一日を借りて、僕にはやりたいことがある。

　十一歳のきみの体を使わせてもらうよ。

　きみの意識が元の時代にもどってきたとき、少々、辺鄙(へんぴ)なところにいるはずだ。

　僕はおぼえているんだ、子どもの体に帰ってきたとき、なぜか畑に大の字になって倒れていたことを。

なぜそんなところに倒れていたのかは、今の僕にもよくわからない。

僕の視点において、これから観測する時間区域だから。

大きな怪我(けが)はしていなかったから、安心してほしい。

十一歳の僕、きみは今から、自分の人生の意味について、かんがえることになるはずだ。

だけど負けないでほしい。

途中で投げ出さず、あるきつづけるんだ。


その後は無音になる。テープは回り続けていたが音声が収録されていなかった。

車が高速道路を出る。料金所を通過する際、車を止めてお金を渡すことなく通り抜けた。自動的にバーが開閉して通してくれたのだ。直後にカーナビが人間らしい声で支払った料金を読み上げる。

「そっか、一九九九年はまだＥＴＣが一般的じゃなかったんだね」

おどろいている僕に、小春が言った。ＥＴＣとは何のことだろう。

一般道をしばらく走行する。

「ついたよ」

高層マンションの建ちならぶ一角がフロントガラスの向こうに広がっていた。一際、高いマンションの地下駐車場へと車は入る。駐車場にならんでいる車のエンブレムは、見たことのない形のものばかりだ。

「あの、ここは……？」

「私たちの家。ここに住んでるの」

小春は車を駐車スペースに止めた。家？　僕にとって家というのは、実家みたいな一戸建ての木造家屋のことだ。こんな場所で暮らしている自分の姿は想像もできない。

エレベーターに乗り上層階へとむかった。階数を表示するディスプレイの数字が三十五で止まる。落ちついた照明の通路を移動し、奥まった位置にある扉を小春は開けた。

「もう何年前になるかな、同棲をはじめるとき、おもいきってマンションを買ったの。私がこのマンションのパンフレットを持ってきたとき蓮司君が言ってたよ。【この建物に見覚えがある、昔、ここに案内されたことがある】って。さあ、どうぞ」

広々とした玄関だ。片側の壁が鏡になっており、大人の姿の僕が映っている。靴を脱いで用意されていたスリッパに足を入れてみると、成長した足にほどよくフィットした。色合いや素材も僕の好みだ。

「それ、いつも蓮司君が使ってるスリッパ」

小春が僕の靴をきれいにそろえている。いつも靴を脱ぎ散らかして母に怒られていたことをおもいだし、今日もまたおなじ事をやってしまったのだと気付いた。

「あの、すみません……」

「いいから、いいから。来て、こっちがリビング」

広い空間が廊下の奥にある。窓から東京の街並みが一望できた。地面に隙間がないほど建物が密集している。景色をながめていると、小春が廊下のほうから、ほうきとちりとりを持ってくる。これから掃除でもするのだろうか。

それよりもすこし不安になってきた。マンションの部屋の価格なんて僕にはわからないが、かなりの値段ではないのか。僕はとんでもない借金をしてこの部屋に住んでいるんじゃないだろうか。後ずさりしたとき、棚にかざってあった置物を肘に引っかけてしまった。

「あっ……！」

ガラス製の馬の置物だ。僕の肘にあたって落下し、床の上で音をたてて粉々の破片になった。あやまろうと小春をふり返る。しかし彼女は、僕を落ち着かせるようにほうきとちりとりを見せた。

「大丈夫、わかってたから。こうなることは聞いてた」

ガラスの破片を踏まないように僕を下がらせて、彼女は破片の回収をはじめる。

「こうなることは、観測済みだったの」

「観測済み？」

「これが落ちて壊れることは、大人になった蓮司君から聞いてた。ほら、あなたは今、この状況を見ているでしょう？　観測したこの状況を、元の体にもどった後、いつの日か、あなたは私に語って聞かせる。だからあらかじめ、今日でこの置物とはお別れだっていう覚悟はできていたし、こうしてほうきとちりとりも用意しておくことができた」

破片になってしまった馬の前肢をつまんで彼女は見つめる。

「観測された方向に未来は収束する。その可能性が高い。100%ではないかもしれないけどね。他に事例がないから何も断言はできないの。もしかしたら歴史は改変可能かもしれない。そうだったら、どんなにいいだろう」

そう言うと、ガラスの破片を捨てに行く。彼女はすこし、かなしそうだった。

一九九九

　神奈川県鎌倉市の郊外に西園圭太郎(けいたろう)の邸宅はある。道路から脇道に入って一〇〇メートルほどの突き当たりの土地で、裏手に山の斜面がせまっていた。娘が生まれたのをきっかけに東京の自宅を引き払い、中古の物件を探して建築士にリフォームを依頼した。仕事の打ち合わせの度に都内へ行かなくてはならないが、それほど苦ではない。昔とは違い、メールで済ませられる案件もおおくなった。

　外で娘の小春がなわとびをしている。一階の窓辺から圭太郎が見ていることに気付くと、とびはねながら笑顔を見せてくれた。すこし気になったのは、娘がなわとびをしている位置だ。すぐ後ろに車庫があり、シャッターが開いている。圭太郎が趣味で所有しているアストンマーチンの宝石のような車体がそこにはあった。娘がとびはねる度に、なわが小石をはじいて、アストンマーチンの車体に当たっているような気がしてならない。

「小春、他の場所で遊びなさい」

　圭太郎は声をかけてみたが、はめ殺しの窓のせいで声は届かない。

「どうかした?」

妻の遙香が窓辺にやってくる。

「ほら、あそこ。小春のなわとびが石をはじいて、車にあたってるんじゃないかって」

「そうかもね。ここからじゃ遠くてよくわからないけど」

遙香が娘にむかって手をふる。小春はなわとびにつまずいて、肩で息をしながら両手をふりかえした。またすぐになわとびを再開する。

「何がたのしいのかな。つかれるだけじゃない?」

「体をうごかしてるだけでたのしいんだよ、子どもは」

圭太郎はあくびをもらす。さきほど寝室から起きてきたばかりだ。

「昨日、何時に寝た?」

「おそくまで映画を観てた。この前、買い付けた作品でね」

中規模の映画製作会社を経営しているが、最近は海外映画の買い付けもおこなっている。数年前に配給した単館系の作品がロングランのヒットになり、経営は順調と言えた。

また小春がなわとびにひっかかって、何がおかしいのか大人にはわからないが、とにかくたのしそうにわらっていた。

圭太郎と遥香は娘に手をふってリビングにもどる。

×　×　×

西園小春は、なわとびをつづけた。

窓際に見えていた両親の姿は奥にひっこんで見えなくなり、すこしだけつまらない。

白色の綿毛が風にのって飛んでくる。草木の上を、屋根の上を、ただよっていた。ふと視線を感じた。家の周囲の雑木林に何かがいるような気がする。とびはねるのをやめて、木々の奥に目をこらす。

人の影らしきものが移動するのを見た。いや、きっと気のせいだ。風がふいて茂みがゆれたのが、そう見えただけなのだろう。家を訪ねてくる人は、道路からのびる脇道を通って正面側からやってくるはずだから。

小春は、なわとびを続ける。ひゅんひゅんと風を切る音がした。

二〇一九

壁に備え付けの棚に写真立てがならんでいた。小学校低学年くらいの女の子が写っている。子ども時代の西園小春だろうか。写真の彼女は家の前でなわとびをしている。

家族で写っている写真もある。父親らしき人物は熊みたいな人だ。顔の下半分にひげが生えている。母親の方は儚(はかな)い雰囲気の美人だ。美女と野獣という言葉をおもいだした。

西園小春はクッキーとミルクを出してくれた。海外製のおいしいクッキーだ。

「素敵なおうちに住んでたんですね」

「鎌倉にあった。今はもう、だれも住んでないけどね」

飾ってある写真の中に、大人の僕たちがならんで写っているものがある。どこかの海岸で冬に撮られたものらしく、僕たちはコートを着込んで寒そうにしている。この写真をとった日の記憶はないけれど、確かに彼女とは親しい関係なのだと納得させられる。

ガラスの置物の破片はすっかり掃除されていた。置物が壊れることを彼女はしっていたという。

観測された出来事は、そうなる可能性が高い。参考にできるデータがすくなすぎて、１００％とは言い切れないが……。

僕は置物が壊れる場面を見て、その出来事を【観測した】。大人になった僕が、今日の出来事について彼女に話していたから、彼女は置物の運命を先回りして把握していたという。

ということは、やはり、僕は二十年前の世界にもどることができるのだろう。もしも元の時代にもどれなかったら、今日の出来事を彼女におしえることはできないだろうし、小春はあらかじめ、ほうきとちりとりを用意しておくこともできなかったはずだから。

「蓮司君、ちょっとこっち来て」

ダイニングの椅子にすわるよう指示される。小春がテーブルに模造紙をひろげていた。何も書かれてはいない真っ白な模造紙は、テーブルの全面をかくすほどの大きさだ。彼女はそこに油性のペンで水平線のような横長の線を引いて、右端を矢印にする。

「自分がこれからどんな風に時間を飛びこえるのかを、しっておいてほしい」
横長の直線に彼女は説明を書き足す。その線は時間の流れを示すらしい。左が過去、右が未来だ。さらに直線上の四ヵ所に点を打ち、歴史の年表のようにそれぞれの点に説明を添える。

【点A】
1999年4月25日、午前10時半頃
野球の試合中に打球を頭に受けて気絶。後に覚醒。

【点B】
1999年4月25日、午後6時頃
神奈川県鎌倉市で気絶。後に覚醒。

【点C】
2019年10月21日、午前0時頃

ベンチで後ろから殴られて気絶。後に病院で覚醒。

【点D】

　2019年10月21日、夕方頃

　某運動公園で気絶。

　AとBの点は左よりに、CとDの点は右よりに打たれていた。その二グループの間には二十年という時間的な距離があるのだ。

「これが蓮司君の身に起きる出来事。四回、頭を打って気を失うことがわかってる。その度に意識が肉体をはなれて、時間跳躍現象を起こす」

「どうしてわかるんですか？」

「大人の蓮司君におしえてもらった」

「何でもしってるんですね、大人の僕は」

　小春は赤色のペンを手に取り、キャップを外す。

「まず、蓮司君はこんな風に時間を飛びこえて二十年後へやってきた」

　AからCへ向かう矢印を引いた。時間の流れを示す直線に重ならないよう、上向きの弓なりにそった矢印だ。

「そして今のあなたは、この地点にいる。十一歳の意識が、大人の体に入った状態でね」

CからDへ、今度は直線に沿って重なるように矢印がひかれる。

僕はDの点に書かれた説明文に目をむける。

「夕方に運動公園で気絶って？　何が起きるんですか？」

「蓮司君の観測によれば、公園をあるいていて、後頭部に何かがぶつかって、そのせいで気絶したみたい」

僕は後頭部に手をあてた。かすかに痛みがのこっている。この上、さらに気絶するほどの衝撃を受けることが確定しているなんて、ひどい一日だ。

小春は次に、DからBへ時間をさかのぼるように赤色の線を引いた。今度は下向きの弓なりにそった矢印だ。僕は運動公園で気絶して、元の時代にもどる。Bの点に書いてある説明文を読んでみた。

「神奈川県鎌倉市で目を覚ますんですか？　どうして僕がそんなところに？」

「何でだろうね」

小春は、わからないふりをしているが、あきらかに何かをしっている様子だ。

「大人の蓮司君と、子どもの蓮司君は、一日を交換して元にもどる。だからあなたは、大人の蓮司君が一日をすごした直後の体の中に入ることになる。気づいたら鎌倉市の畑に倒れていたらしいよ。斜面から足をすべらせてころがり落ちたみたい」

さらに彼女はBからCにむかう直線を引く。時間の流れにぴたりと重ねた線である。

「無事に元の時代にもどってからの二十年間、いろいろなことを経験しながら蓮司君は大人になる。人生のネタバラシになるけど、途中で私にも再会するよ。二〇一一年四月のことだけど」

彼女はBとCの中間に点を足して日付を書きこんだ。

その後、僕と西園小春は交際をスタートさせて結婚の約束をするらしいが、現実味が感じられない。ついさっき、しりあったばかりの人だ。そういう人と夫婦になるのだと説明されても困惑しかない。

「何か言いたそう」

「僕にも結婚相手を選ぶ自由があるといいのに、とか……。いえ、まあ、いいんですけど……」

小春は次に青色のペンで線を引き始める。CからAにむかう、下向きの弓なりにそった矢印だ。さらにAからBにむかって、時間の流れを示す直線に重ねて線を引く。最後に、BからDへむかって、上向きの弓なりの矢印を引いて点をつなげた。

「これが、大人の蓮司君の意識がたどる時間の流れ。過去にもどって、一日を経過して、またもどってくるという旅。そこでどんな経験をしたのか、今の時点ではわからないことがおおいけどね」

子どもの僕と大人の僕が、それぞれの一日を交換する。そう表現すると単純だ。しかし自分の意識が時間の流れをどのように移動するのか、矢印を目で追うと複雑だった。

「一日を交換したって聞きましたけど、交換した時間の長さは、ぴったり同じ長さじゃないですよね？　けっこうな時間、ずれがあるんじゃないですか？　その分はどこへ行っちゃったんですか？　消えちゃったんですか？」

「消えてない。たぶん、意識の年齢と肉体の年齢がすこしだけずれた状態でBからCまでの二十年間を過ごすことになるんだよ。最終的にDでそのずれは元にもどるから安心していい」

「なるほど」

「理解できた？」

「理解できない、ということが理解できました」

　僕はギブアップして、休息させてもらうことにする。


　ソファーでくつろいでいるうちに、矢印が行ったり来たりしている複雑な図は、すっかり頭から抜け落ちた。まあ、あんなものは、しらない方がいいだろう。

　それよりも、変な臭いがする。着ている服を嗅いでみると、何となく父とおなじ系統の臭いがした。野球の練習を終えたときとはまた別の種類の臭さだ。二十年後の世界ということは、この肉体の年齢は三十一歳のはずだ。小学生の僕にとっては十分なおっさんである。

「そうだ、シャワー浴びてきたら？」

　彼女が言った。

「昨晩からずっとその服だし、着替えも用意しておくよ」

　小春に案内されて脱衣所と浴室の設備を確認した。どれも真新しく、洗練されたデザインで、そこら中が照明を反射してかがやいていた。彼女はお湯の出し方を説明し、僕の衣類を一式、運んできてくれた。

「何かあったら、呼んでね」

「わかりました」

「………」

何かを言いたそうにしながら、小春が廊下に出て行く。彼女の表情が気になった。

脱衣所でひとりになり鏡とむきあう。顔の角度をかえながら頬骨に触れる。白色のシャツのボタンを外し、脱いで洗濯かごに入れた。スーツの上着は部屋に入った時点で小春に回収されていた。熱いシャワーを浴びたい。汗を洗い流して、一度、何もかもをリセットして、この出来事を頭のなかで整理したかった。

鏡に自分の上半身が映っている。筋肉のない、細身の体だ。違和感があった。これが野球選手の肉体だろうか。野球選手になるのが夢だった。しかし鏡に映っている体は、あきらかに筋肉が足りない。

よく見ると、右腕の肘から上、つまり二の腕の裏側あたりに白色の線がある。筆記具で書いた線とは異なり、皮膚がすこしだけ盛り上がって形成された線だ。線は肩までつづいていた。まるで手術で縫合したみたいに皮膚のひきつれが見られる。怪我の痕跡だった。

右肩が壊れていた。裂けてバラバラになった筋肉と皮膚が、手術によって再びくっついたような状態だった。最近の手術痕ではないから、もう何年も前に僕は右肩を負傷してしまったのだろう。これほどの傷跡がのこるような怪我でも投手をつづけられただろうか。そうはおもえない。

今、自分の見ているものが、何を意味するのかを理解し、声をあげる。

たぶん僕は、プロ野球の選手になんて、なれなかったのだ。

二章

一九九九

父はほうきで家の前を掃き掃除している最中だった。

「蓮司、どこか行くのか？ 家で休んでたほうがいいんじゃないか？」

「約束があるんだ。かならず、行くって」

「約束？ 大事な約束か？」

「うん、人助け。帰りは深夜になるかもしれないけど、心配しないで」

下野蓮司は自転車にまたがって出発する。小学生のときにつかっていた自転車のペダルはゆがんでいた。当時は何の違和感もなかったはずだが、今の自分にはこぎづらくて、よろけそうになる。父が後ろから呼び止める。その声に振り返らず、ペダルを踏みこんだ。

まだ田植えをする前の殺風景な田んぼが広がっている。ペダルをぐるぐると回転させながら、体が異様なスムーズさでうごくことに感動した。背丈がのびはじめる以前の自分は、体重も軽く小回りがきいた。右手をハンドルからはなして、肩をうごかしてみる。筋肉にしなやかさがあった。立ち止まって小石を拾って遠くへ投げてみたい衝動にかられる。どれくらいの距離、飛ぶだろう。

最寄り駅がちかくなって建物がおおくなる。車の交通量も増えたので速度をゆるめた。殺風景な交差点に公衆電話ボックスがある。ふと、おもいついて自転車を止めた。

これから行うことは必要な行為ではない。意味のない結果になるかもしれない。だけど何もしないよりはましだ。試してみる価値はある。観測済みの未来は決して変わらないのだろうか？　そんなことはだれにもわからないのだから。

電話ボックスに入り受話器を手に取った。備え付けの電話帳で県警の相談総合窓口の電話番号を調べる。硬貨を投入して番号をプッシュした。

「はい、こちら宮城県警。ご用件をどうぞ」

男性の事務的な声だ。

「ある地域の警察の巡回を強化していただきたいのですが」

数時間後、神奈川県鎌倉市にある西園小春の自宅で、とある事件が起きる。それを未然に防ぎたかった。本来なら神奈川県警に相談すべき内容だろう。しかしここの電話ボックスの電話帳にはこの地域を管轄とする宮城県警の電話番号しか記載されていなかった。

「これから、ある家に強盗が入るんです」

「強盗？」

「場所は他の県なので、そちらの管轄ではないとおもうのですが」

「質問だけど、きみ、何歳？」

「……十一歳です」

現在の自分の声が少年のものであることを蓮司は自覚している。実際は三十一歳なのだと主張しても信じてはもらえないだろう。男性の声は懐疑的なものになる。

「どうしてきみが、事件の発生を事前に把握できたのかを聞かせてもらえるかな？」

いたずらであることを疑っている雰囲気があった。

困惑していると、視線を感じる。電話ボックスの透明な壁のむこうに、野球のユニフォームを着た少年が立っていた。バットをさしたバックパックを背負い、自転車にまたがった状態で蓮司のほうを見ている。大柄な体格でゴリラみたいな顔立ち。チームメイトの山田アキラだった。

蓮司はおもわず受話器を置いた。電話ボックスを出る。

「よう、アキラ」

「蓮司、こんなところで何してるんだよ。家で寝てないとだめじゃないか」

山田アキラは捕手だ。少年時代、彼のキャッチャーミットにむけて、毎日、白球を投げていた。

「頭はもう、平気だよ」

「正直、死んだとおもった。すごい音がしたからさ」

「生きてたよ」

「見ればわかる。……それよりも、なんだよ蓮司、そんなにキラキラした目で俺を見て」

「気のせいだろ。普通だぜ」

下野蓮司はごまかして目をこする。

「ところでさ、俺、悩んでることがあるんだよ」

山田アキラはすこしだけ声のトーンを落とす。

「なんだよ、悩みなんかあるのか。まるで大人だな」

「うーん……。蓮司は相棒みたいなものだから、今のうちに言っておこうとおもうんだけど……」

「なんだよ、はやく言えよ」

「俺、中学に入ったら、野球をやめるかもしれない」

詳しく聞いてみると、彼が野球をつづけることに対して母親が反対しているのだという。彼は勉強もよくできたので、野球をやめさせて塾に入れて将来的に進学校へと通わせたいらしい。

「……野球は絶対にやめるなよ」

「どうして？　プロになれるわけでもないのに。何の意味もないかもしれないのに」

「どうしてそう決めつけるんだよ。だいたい意味があるとかないとかで野球をやめちゃっていいのか？」

「蓮司はどうして野球してるんだ？」

「たのしいからだよ。好きだからだ」

山田アキラはおどろいた顔で下野蓮司を見つめる。それからすこしだけ明るい表情になった。自分の胸に手をあてて彼は言った。

「ああ、俺、どうかしてた。俺も好きだ、野球……」

「じゃあ、やめないでくれるか？」

「わかった。なあ、蓮司、大人になっても俺たち、野球しような」

「もちろんだ、アキラ。大人になっても俺たちは野球する。絶対だ」

不意打ちするなよ、とおもう。かなしい気持ちをかくして、親指を立てて見せる。

蓮司は電話ボックスのそばに立てかけていた自分の自転車にまたがる。

「そろそろ行くよ。じゃあな」

「蓮司、どこに行くんだ？」

「これから電車に乗って、遠くまで行くんだ」

「そうか、大変だな」

「じゃあな、相棒」

「またな、相棒」

警察のことが心残りだったが、蓮司は手をふって自転車を発進させる。山田アキラの姿はすぐに遠ざかって見えなくなった。そういえば、蓮司に野球を最後まで続けさせようとしたのは彼だったな、とおもいだす。

下野蓮司は私鉄の駅に自転車を放置して仙台駅に移動した。携帯電話会社の広告ポスターが仙台駅構内に貼ってある。数ヶ月前にDoCoMoがｉモードサービスを開始したばかりのはずだ。

仙台駅構内に設置された時計で時刻を確認する。十二時を過ぎていた。西園小春の記憶と警察の記録によれば、強盗が押し入るのは十七時半前後のはずだから、今から五時間半のうちに西園家へ移動しなくてはならない。

自動券売機に行列ができていた。みどりの窓口で東京駅までの往復の新幹線切符を買う。

「大人一枚……」

おもわずそう言ってしまい、窓口の担当者が怪訝な顔になる。

「……ではなくて、小学生の料金でお願いします」

母の長財布から数枚の紙幣を取り出して支払う。切符を購入後、改札にむかいながら長財布をバックパックにしまおうとしてトラブルが起きた。ファスナーが生地のほつれた箇所を噛(か)んでしまい、しまらなくなったのだ。

「何だよ、こんなときに！」

時間がもったいない。ファスナーが開いたまま、バックパックを抱えて改札を抜けた。

ホームから見える仙台駅前の街並みにも白い綿毛が飛んでいる。ほどなくして東京行きの新幹線が到着した。指定席の車両に乗りこんで座席につくと、すべるように発車する。到着までの時間を有効活用するため書き物をすることにした。

座席に備え付けのテーブルを出して、家から持ってきたノートをひろげる。最初の方のページには、さきほど記した数行のメモがある。

2019-10-21　0:04
ベンチで待機
パトカーの音
犬が三度鳴く
背後から殴られる

ちがうページに、今度はすこしだけ詳細な文章で手紙をつづった。少年時代の自分自身にむけたものだ。蓮司はその文面を少年時代に読んだことがあり、内容もおぼえている。そのため、何もないところから文章を作るというよりも、おもいだして書き写す作業にちかかった。そうなるとこの文章は、だれが最初に考えたことになるのだろう?

窓の外には田園地帯が広がっており、時速三〇〇キロほどの速度で景色は遠ざかっていく。少年時代の自分にあてた手紙の他にも様々な情報を書いた。それらは未来に関することで、中には折れ線のグラフもある。少年時代の自分には理解できない記述もたくさんあるが気にしない。そのうちに意味がわかり、ノートに記されている情報の重要性に気づくだろう。

二〇一一年に発生する東北の震災にも触れておく。蓮司の実家は津波の被害にあう地域に位置していた。放っておけば家族は危険だ。津波の被害にあう地域を記入し、その日にむかって防災意識を高めておいてほしいと伝える。

しかし、少年時代に自分がこのノートを発見して読んだとき、震災が起こると書かれていても、ぴんとこなかったのは事実だ。津波がおしよせて家々を根こそぎさらっていくと説明されても現実味がなかった。それでも自分が震災の記述を無視しなかったのは、このノートに書かれているいくつもの情報が、正確に未来を言い当てる様を目の当たりにしたからだ。

書き物をしていると、頭が熱を持ったように熱くなる。自分は頭をつかった労働にむいていない。マウンド上で打球を受けた箇所がじんじんと痛くなった。

手を休ませて、目をつむる。新幹線の音に耳をすませながら、二十年後の未来にいるはずの、少年時代の自分は今ごろ何をしているだろうかとおもう。

二〇一九

僕の右肩は交通事故によってだめになったらしい。日常生活に支障はないが、スポーツを続けていくのは難しい状態だったという。脱衣所の外から聞こえてくる西園小春の声が、それらの情報をおしえてくれた。

彼女は説明のため引き戸のむこうに待機していたらしい。このタイミングで僕が傷跡を見つけてショックを受けることも、あらかじめわかっていたのだ。

脱衣所で僕はうずくまる。息ができなかった。小春が入ってくる様子はない。脱衣所と廊下を隔てる引き戸には鍵をかけていた。

「今から言う日をおぼえておいて」

彼女は、とある日付を口にする。

二〇〇〇年八月十日……。

その日に僕は、交通事故にあうのだと、彼女は言った。

「もしも可能なら、その日は外に出ないで。家の中にいるの。それなら事故を回避できるはずだから。……観測済みの未来が、変化するのかどうか、まだよくわかっていないけど」

僕は涙をぬぐって顔をあげる。

未来は変えられる？

彼女の話は、わずかに希望をもたらしてくれた。鼻水をすすりながら彼女に問いかける。

「僕は、野球が、続けられる……？」

「わからない。この世界のルールを把握できるほどの事例が見当たらないから。私たちの意思が、時間というものにどのような作用をおよぼすのか、はっきりとしてない。でも、できることは、何でもしたほうがいいとおもう」

「もう一度、さっきの日付を言って」

「何度でも言うよ」

二〇〇〇年八月十日。

しっかりと頭の中にその日付を刻み込んだ。不安でたまらない。自分の大切なものを失うという恐怖が押し寄せる。こんな未来は見たくなかった。だけどこの未来に来なければ、何もしらずに僕はその日をむかえて交通事故に遭遇していたはずだ。覚悟をもってその日をむかえられるだけ、ましなのかもしれない。

シャワーを浴びながら、野球をした日々のことをおもいだした。最初は父とのキャッチボールからはじまった。兄は横で見ているだけだ。はじめて買ってもらったグローブを大切に抱きしめて眠りについた。少年野球チームに入って投球をほめられたこと。マウンドに立って投げるときの緊張感。試合に負けてくやしくてチームメイトと泣いた。いくつもの記憶が、シャワーのお湯といっしょに流れていった。右腕と右肩の傷に指をはわせて、もしも野球ができなくなったら自分には何がのこるのだろう、とかんがえる。

用意されていた部屋着に着替える。リビングにむかうと、小春は音楽を聴きながら、新聞記事の切り抜きをあつめた分厚いファイルのようなものをながめていた。僕がもう泣いていないのを確認して、ほっとした表情をする。

「何か飲む？」

「牛乳をください」

小春は冷たい牛乳をコップに注いでくれた。

「今年のプロ野球、どこが優勝したか、気になる？」

「しらないほうがいいような気がする」

「まあ、そうかもね。観測した事実がおおいほど、その未来にむかって収束していく可能性も否定できない。変えるべき未来の強度が上がっていくような気がする。それなら未来は不確かなままでいたほうがいいのかもしれない」

「むずかしくて、よくわかりませんけど」

「そういえばこの後、蓮司君の職業を聞かれる可能性があるんだけど、どう答えたらいいかな」

「予言ですか？」

「【個人投資家のお手伝い】か【喫茶店の店員】って答えようとおもう。どっちがいい？」

「おまかせします」

この時代で暮らしている僕は望まない人生の果てにいる。はっきりそう言ってしまうと、彼女は傷つくだろうか。交通事故を回避して歴史が変化すれば、僕と彼女はいっしょに住むような関係にはならないかもしれない。もしかしてそれを覚悟した上で、彼女は事故の日付をおしえてくれたのだろうか。

小春はリビングのテーブルに板状の電子機器を置いた。片側の面がすべてディスプレイになっている。病院で目にした、この時代の携帯電話をすこし大きくしたような製品だ。小春によるとそれは液晶タブレット端末などと呼ばれるものだという。

「ちょっとメールをするから、蓮司君はテレビでも眺めてて」

僕の暮らしていた時代にも、携帯電話で文字を送るサービスがあった。テレビでCMをしていたからおぼえている。メールというのはつまり文字を相手に送信するサービスなのだろう。小春はタブレットの画面を操作する。液晶画面の一部にキーボードが表示され、それに指で触れると文字が入力されるらしい。おどろくべき未来的な光景だ。

リビングに設置されたテレビは大画面のくせに驚異的な薄さだった。ブラウン管の厚みの部分を壁に埋めこんでいるのだろうか。電源をつけていくつかチャンネルを切り替えてみる。あまりにも画面が鮮やかでくっきりしているから、ニュースキャスターがすぐ目の前にいるかのようだ。

テレビを眺めているうちに、小春はメールを済ませた。彼女はテレビのそばの棚から何かをひっぱりだす。水中眼鏡をおもわせる物体だ。

「せっかく二十年後に来たんだし、最新のゲームをプレイしてみない？」

「何ですか、それ」

「顔にはめるゴーグルタイプのディスプレイ。ＶＲって言われてるタイプのゲームが遊べるんだ。頭のうごきに連動して画面が変化する仕組み」

さっそく試してみることにする。結果、僕は悲鳴をあげてすぐにゲームを中断した。まず、ゲームがドット絵じゃないことに戸惑う。現実世界がそのままゲームの中に広がっているかのように見えた。そこで僕はジェットコースターに乗せられ、振り回されたのだ。怖かったが、不思議とわらってしまって、何度でもやってみたいとおもえた。小春は僕を元気づけるために、未来のゲームをすすめてくれたのだろう。

正午を過ぎて外出することになった。すこしおそめの昼ご飯を外で食べようと小春に誘われた。なぜかスーツに着替えさせられて、車に乗りこんで発進する。僕は助手席で、小春が運転席だ。二人乗りのスポーツタイプのこの車は、僕たちの共有財産だという。普段は僕が運転することもあるらしいのだが、今日は彼女にハンドルをまかせる。

マンションを出発してにぎやかな場所を通過する。ガラスに額をくっつけて都市の街並みを食い入るようにながめた。人の多さと近代的なビルと、ビルの外壁に設置された巨大で色鮮やかなディスプレイに圧倒される。そこにはアイドルの女の子たちが映し出されていて踊っていた。広告のためのトラックが大音量で音楽を流しながら交差点を通過する。情報量のおおさに、めまいがしそうだ。

　信号機の作りが僕の暮らしていた時代とすこしちがっている。光や色が鮮やかだ。歩行者用の信号機はデザインも変更されている。信号機なんていつまでも変わらないものだとおもっていたから目をひいた。

「さっき、叔父さんから急にメールが来たんだけど」

「おじさん？」

「お父さんの弟にあたる人で、私の後見人みたいなものかな。叔父さんはいそがしい人で、ほとんど日本にいないの。もしも会う機会があったら、それを逃さないようにしようとおもってた。おまけにいつも唐突でね。急にメールが来て、その日のランチをいっしょに食べることになったりするんだけど、大急ぎでお店の予約をしなくちゃいけなかったりしてね」

「今から、その人といっしょに食べるんですか？」

「そう。叔父さんに婚姻届のサインをお願いしたいんだけど、ずっとタイミングがあわなくて。ちょうど良かったよ、ほんと」

遠くに東京タワーが見える。赤色の尖(とが)った建築物はビル群の中でよく目立った。

実物を見るのは、はじめてだったので、感動してしまう。

ほどなくして渋滞しはじめた。速度が低下して完全にストップする。カーステレオで音楽をかけていたのだが、小春が音量をしぼって無音の状態にする。

「話しておきたいことがあるんだけど」

小春は、すこしだけ緊張したような顔つきになった。

「聞かなくちゃいけないことですか？」

「うん。私の両親のこと。そして、蓮司君にも関係あること」

「何です？」

「婚姻届の証人として、叔父さんにサインをもらうのはね、私の両親がすでに他界しているからなんだ」

「亡くなられてるんですか」

「二十年前の、ある事件のせいでね……」

事件？　彼女がハンドルをつよく握りしめる。

言葉に迷いながら時間をかけて小春は言った。

「ある日、自宅に強盗が入ってきて、後からわかったんだけど、金銭目的の犯行だったみたい。私と父と母が、その日にちょうど自宅にいてね。犯人は父と母を……」

そいつは覆面をかぶっていたという。

小春はその日、現場でそいつの姿を目撃したそうだ。

「私も殺されそうになった。助けが入らなければ、あの日に私の人生は終わっていたとおもう」

「助けが来たんですか？」

「そう。私は当時、八歳で、ふるえていることしかできなかった。だけど、ある男の子が、どこからともなく現れて、犯人から私を守ってくれた。相手がひるんだ隙に、私の手をひいて逃げるのを手伝ってくれた。その子が、蓮司君、あなただったんだよ」

「僕……？」

小春は、すこし涙ぐんで前方を見ている。

「二十年前、あなたは私を助けに来てくれた。殺される運命だった私のところに。だから、とても感謝してる」

渋滞していた車がゆるやかにすすみはじめる。

彼女はアクセルを踏んで加速させた。

「二十年前って、もしかして……」

「一九九九年四月二十五日。忘れもしない。その日も、今日みたいにたんぽぽの綿毛がたくさん飛んでいたよ」

それは僕が練習試合で打球を頭にうけた日だ。

さっき病院で目が覚める直前まで僕がいた日だ。

その日の午後六時頃、元の時代にもどった僕は鎌倉市で目が覚めると聞いたが、なぜそんな場所にいたのかを理解する。大人の僕はその一日を利用して、実家のある宮城県から神奈川県まで移動し、彼女を死の運命から救出しようとしたのだろう。その試みは成功した。だから二十年後のこの世界で、西園小春は生きているのだ。

車の運転をしながら小春が鼻歌を口ずさんでいる。どこかで聴いたことのあるメロディーだから、僕の暮らしていた二十年前にもあった曲なのだろう。なつかしい気持ちにさせる音楽だけど、何の曲か僕にはわからない。

「ここだよ」

すこしおそめのランチを食べるとしか聞いてなかったので、ファミレスのようなところへ行くのだと僕はおもいこんでいた。しかし小春の運転する車は、高級そうなホテルの地下駐車場へと入っていく。

僕たちはエレベーターで最上階にむかった。何日も前からホテル内のレストランに予約を入れていたそうだ。

「叔父さんとの食事って、急に決まったんじゃないんですか？　どうして予約を入れておくことができたんですか？」

「大人の蓮司君が言ってた。今日、そういう予定が入るって」

エレベーター内は金色の装飾がなされていて豪華だ。小春は階数表示のランプを見ている。二十年前に起きた事件のことがすこし気になっていたけれど、詳細を聞いていいのかどうかわからなかった。気軽に質問はできない。

エレベーターが最上階に到着する。窓から都心を見下ろすことができた。想像以上に高い場所だ。落ちついた雰囲気の和風創作料理店の入り口があり、小春が名前を告げると個室へ案内された。靴を脱ぐタイプの和室ではなく、テーブルと椅子のセットだ。革表紙のどっしりとしたメニューには英語の表記もあり、企業の重役などが海外の取引先の人を連れてくるような由緒正しいお店なんだろうなとおもう。

「高いお店ですね……」

料理の値段を確認して怖じ気づいた。

「お金のことは気にしないで」

小春はとなりにすわっている。僕たちのむかいがわに、彼女の叔父の席が用意されていた。結婚の承諾を得るために恋人の父親に挨拶をする場面がドラマや漫画でよくあるけれど、今から僕がそれをしなくちゃいけないのだろうか。どうしてわざわざこんな日に？　別の日にしてもらうことはできないの？　という抗議はすでに済ませている。

「ごめんね。今日しか時間がとれないみたいで。明日にはもう日本を離れるって」

彼女の叔父は外国の企業で働いていた。今日を逃すと次に会えるのは来年になってしまうのだという。僕としては、それなら来年でもいいじゃないかとおもってしまう。何せ今の僕は外見が大人だけど中身は十一歳の子どもだ。大人のふりなんて長時間はできない。はてしなく不安だ。コップの水を飲んで心を落ちつかせる。

「緊張しなくて大丈夫、おおまかな話は前に電話でしといたから。蓮司君の名前と、どういう人なのかも伝えてある」

僕には結婚相手を選ぶ権利なんてないのだろうか。このまま婚姻届の作成にまで立ち会ってしまうと、僕の将来はこの場面にむかって確実に突き進んでしまう気がする。

よし、逃げよう。

「逃げようとかおもってない？」

「なんでわかるんですか？」

「大人の蓮司君が言ってた。この食事会、逃げたい、としかかんがえられなかったって」

「婚姻届にサインと印鑑をもらうだけなら、僕はいなくていいじゃないですか」

「挨拶くらいしなよ、大人なんだから」

「小学生です」

個室の引き戸が開かれて、おおきな体格の中年男性が案内されてきた。やさしそうな顔つきで、はちきれそうなお腹をした人だ。アメリカの田舎町で牧場の経営をしていそうな印象を抱く。小春が椅子から立ち上がった。

「叔父さん！　ひさしぶり！」

「やあ、小春ちゃん。急にごめんね」

僕も立ち上がり、頭をさげた。

「あ、どうも……。小春さんと、おつきあいをしている、者です……」

「きみが蓮司君か。よろしく」

小春の叔父が僕に握手をもとめる。

ふっくらした、お餅のような手だった。

コース料理を注文して会食がはじまる。店の人が小皿に盛られた料理をはこんできた。オレンジジュースを飲んでいる僕を見て彼が聞いた。

「お酒は飲まない？」

「はい、飲んだことないです」

「飲んだことない？　一滴も？」

そういえば大人たちはよく飲み会などをしている印象があった。何かあればビールで乾杯をしている。まったく飲んだことがない、というのは変だろうか。

「ほんのすこしで、つぶれちゃう体質なんだよね。だから、ほとんど飲んだことがないというか」

小春が助け船を出してくれた。

「そうそう、そうなんです」

小春の叔父はこの後、仕事の打ち合わせがあるらしく、アルコールの摂取をひかえていた。運転をする小春も炭酸入りの水を飲んでいる。料理はおいしかったが、野菜の小鉢などは何がたのしくてそんなものを食べなくてはいけないのか、という気持ちになった。野菜を食べるのは僕にとって、どちらかというと罰ゲームだ。積極的に箸をのばしたくはならない。

「口を閉じて食べようか」

小春が耳打ちした。僕は口を開けて咀嚼していたらしい。

「そういえば蓮司君、仕事は何をしてるんだ？」

料理を堪能しながら小春の叔父が聞いた。僕は彼女と視線を交わす。予言が当たった。このタイミングで職業を聞かれることまで、事前に把握済みだったのだろう。

「彼は、とある個人投資家の事務所ではたらいてるんです。そうだよね？」

小春が僕を見て「そうだよね？」ともう一度、言った。

僕はうなずきを返しながら、個人投資家ってどういう仕事なんだろう？　とかんがえる。

小春の叔父は興味をかきたてられたようだ。

「へえ、投資？　株とか？」

カブ？　野菜のカブのことだろうか？

しどろもどろになりながら返事をする。

「ええ、まあ。カブを、切ったりするのが、大変みたいです」

「損切りは重要だよ」

損切りって、何だろう？　野菜の切り方の種類だろうか？

「最近は、僕もだんだん、それができるようになりました」

「それでは今から、私と蓮司君のなれそめについてお話ししたいとおもいます」

突然、小春が言った。僕の困惑を察して話題を変えてくれたのかもしれない。

僕と彼女がどのように出会い、どのように親交を深め、結婚するに至ったのかについて彼女が説明をはじめる。

大学時代、暗くて友人ができなかったこと。

そんなときに噴水のそばで僕に話しかけられたこと。

僕にはどこからどこまでが本当なのか判別できない。ひとしきり話がおわると、彼女の叔父はハンカチでそっと目元をぬぐった。

「きっと兄貴たちもよろこんでるとおもう。蓮司君、この子をよろしく。結婚っていいものだな。私はもう、あきらめているけど」

その後、なぜか叔父の恋愛の話になった。彼は二十代のとき、小春の父親が経営していた会社で働いていたそうだが、同じ職場の女性に恋をしていたという。

「結局、気持ちを打ち明けられないまま終わってしまった。もしも勇気を出して告白していたら、今とはちがう人生になっていたかもしれない。時間をまきもどせたらいいのに、とおもうよ」

「もしも本当に過去へもどれたら、歴史って変えられるとおもいますか？」

小春が聞いた。叔父はすこしかんがえて、首を横にふる。

「わからない。過去にもどって歴史を変えたら、過去にもどった自分も消えてしまうのかもしれないし、そうなったら歴史を変えることもできない。タイムパラドックスってやつだ。私たちにできるのは、日々の自分の選択を、未来で後悔しないように気をつけることだけなのかもしれないな」

コース料理のメインに、霜降りの牛肉のステーキが登場した。あふれ出た肉汁が脳天を直撃する。箸を落としそうになるおいしさだ。小春がそれをのこしていたので、僕と叔父でわけあって食べた。ごはんと味噌汁も出てきて、最後に冷たい果物がはこばれてくる。

「では、そろそろ……」

小春が婚姻届を鞄から取りだす。

「このタイミングを逃したら、叔父さんに証人になってもらうのが、むずかしいとおもって。郵送という手もあるにはありますけど、時間かかるし。あ、叔父さん、印鑑もってます？」

「日本に来たときはもちあるいてる。仕事で使うこともあるから」

小春の叔父は渡された婚姻届をまじまじとながめている。象のようなやさしい目を何度もまばたきさせていた。

「下野蓮司君か。おもしろい読み方の苗字だ」

「よく言われます」

叔父が証人の欄に名前を記入する間、やはり僕はトイレに逃げることにした。どんな風にふるまえばいいのかわからなかったし、見ないほうがいいともおもった。自分の人生が決まっていく。固定されていく。野球の試合の途中経過をしらないのに、結果だけをしらされるようなものじゃないか。みんなのように目的地のない航海をたのしむチャンスを僕はうばわれてしまったのだ。

レストランを一度、出て、ホテル最上階のフロアでトイレをさがす。すれちがった男が僕を見ているような気がした。観察するような視線を感じる。何か自分の服装におかしなところがあるのかとおもったが、特に変な部分は見当たらない。

この時代の僕の知人だろうか。いや、それなら挨拶をするはずだ。

男はさっさと行ってしまったので、気のせいだったのだろう、と結論づける。

落ちついた照明のトイレで手と顔を洗い、小春たちのところへもどる。部屋に入ってすぐに「おめでとう」と叔父に言われた。婚姻届の記入が済んだことでそう言われたのかとおもったが、なぜか小春があせっている。

「彼はまだ、しらないのか？」

「いえ、ちがうんです。しってるんですけど、でも」

「披露宴はいつにするんだ？　出産より前だとしたら、ウェディングドレスを着るときにお腹が目立つから、準備をいそいだほうがいいかもしれないね」

何の話だろう。

出産？　だれが？

×　×　×

忘れがたい食事会となった。食事の代金は幸毅が出すことにする。

「お祝いだ。お幸せにな」

「ありがとうございます、叔父さん」

そう言って、はにかむ姪は、彼女の母親をおもわせる雰囲気があり、なつかしい気持ちにさせられた。

結婚をかんがえている人がいる、と電話で聞いたのは最近のことだ。メールではなく電話で直接、話したかったらしい。普段は海外を飛び回っているが、急に日本への出張が決まり、そのことをメールすると、即座に食事会の流れとなった。まるで最初からその予定が決まっていたかのように、姪は高級ホテルのレストランを予約していた。

三人でエレベーターに乗り、地下の駐車場まで見送ることにした。姪の婚約者の様子がおかしい。顔は青ざめ、こきざみに腕をふるわせている。自分が父親になると聞かされたのがショックだったのだろうか。すでに彼はしっていると姪は言っていたが、どう見ても初耳という反応だ。幸毅は結婚しておらず、子どももいないため、彼の心理状態は推測するしかない。二十年前、八歳の小春の後見人となったときの戸惑いが、それにちかいのかもしれない。

駐車場で二人は外国産のクーペに乗りこむ。婚約者を助手席に座らせた姪に、行き先を聞いてみた。

「すこしドライブして、公園に行くつもりです」

都心からすこしはなれた場所にある運動公園の名前を彼女は口にする。

「叔父さん、サインしてくれて、ありがとう」

「どういたしまして」

花が咲くように姪はわらって、エンジンをかける。

そのとき、だれかが見ているような視線を感じた。

幸毅は周囲を見回したが、それらしい人影は見当たらない。

小春の運転する車がうごきだした。助手席の婚約者も一応は幸毅に会釈をしてくれたが、その表情はすぐれない。なにかまるで、言いがかりをつけられて責任をとらされている子どもみたいな、泣きそうな顔をしている。

二人の車が駐車場の出口にむかって遠ざかると、すこし離れた位置に駐車していた黒色の乗用車もうごきだした。小春たちを追いかけるようにその車は駐車場を出て行ったが、偶然にそう見えただけなのだろう。幸毅は、そうかんがえて特に気にしなかった。

一九九九

蓮司は新幹線の中でまどろみながら、小春といっしょに鎌倉の海岸を散歩した日のことをおもいだしていた。

「あの日、蓮司君がナイフでお腹を刺されたのをおぼえてる。刃が五センチくらいの長さだったんだけど、犯人はおもいきり蓮司君のお腹にむかって突き刺したわけ」

冬なので海水浴の客は見当たらない。遠くで犬の散歩をしている人がいるだけだ。波が低い音をたてて打ち寄せている。

「犯人はナイフを隠し持っていて、そいつを僕に刺した。でも、僕は無事だった。どうしてだろう？　小春の見間違いというわけじゃないよね？」

「うん。どうしてかわからないけど、蓮司君は無事だった。お腹に突き刺さったのに、血も出ていなかったし、痛がったりもしてなかった。蓮司君も武器を持ってた。長い針のようなものを」

「どこで入手したんだろう？」

警察の記録にそれらしい遺留物の情報はない。それはどこへ消えてしまったのだろう。

カモメがくすんだ色の空を飛んでいた。

新幹線が東京駅に到着するアナウンスで蓮司はまどろみから覚める。

これから八歳の西園小春の救出にむかう。犯人に抵抗しながら、何とか逃げ切れたというのが小春の観測した歴史だ。もしも歴史が分岐して、小春の救出に失敗し、自分も犯人に殺されたらどうなるのだろう。成人して二人で海辺をあるいた未来は煙のように消えるのだろうか？

ノートと筆記具をファスナーのこわれたバックパックに入れて、こぼれおちないようにかかえてホームに降りた。

東京駅の構内も二十年後とは異なっている。見覚えのない古びた壁があった。二〇〇〇年代に行われる大規模な復元工事によって様変わりするのだろう。厚底サンダルを履いて、顔を真っ黒に日焼けさせた女の子がいる。この時期に一部で流行していたファッションだ。子どもの頃にテレビで見た記憶がある。行き交う女性の服装や化粧に時代性を感じたが、男性は二十年後とそれほど変わらない。

一九九九年といえばノストラダムスの大予言で世界が滅亡すると囁かれていた年である。結果的に予言は外れたが、その年の七月に世界は終わると一部の人たちは信じていた。今日は四月二十五日だから、あと二ヶ月以上はこの話題がテレビやラジオで語られることだろう。

横須賀線のホームに移動して電車に乗る。出入り口付近に立って窓の外に目をやると、九〇年代末の東京の街並みを眺めることができた。これから世界で起きる出来事を、まだこの世界の人々はしらない。海のむこうで旅客機がビルに突っ込むのは再来年のことだ。東北地方で地震が発生して大勢が死んでしまうのは十年以上も先だ。港区を通過し、車窓の景色はビル群から住宅地へ変化する。多摩川を越えるとき広々とした河川敷が視界に広がった。

十六時頃、鎌倉市の駅に電車が到着した。

蓮司は気を引き締める。改札を抜けると、カメラを首から下げた外国人の観光客が行き交っていた。かつてこの辺りには鎌倉幕府があり、歴史的な建物が数多くのこっている。西園家は人口密集地からすこしはなれた地域にあった。そこまではバスかタクシーで移動したほうが良い。

事件発生まで一時間半ほどしかないが、まだいくつかやるべきことがのこっていた。蓮司は駅の券売機で東京までの切符を購入し、帰りの新幹線のチケットや数枚の紙幣といっしょにノートにはさむ。

タクシーに乗り、十分ほどの位置にある病院へとむかってもらった。

「病院に用事があるの？」

タクシーの運転手のおじさんが話しかけてくる。子ども一人で乗り込んできた蓮司のことがすこしだけ気になるらしい。

「はい。母が急に入院することになって」

心配でたまらない、という雰囲気で嘘をつくことにした。

病院に到着して、支払いのために母の長財布から紙幣を取り出す。

「母に届け物をしたら、すぐにもどってきますから、また乗せてください。すこしはなれたところに、車を駐めておいてもらえますか？」

蓮司は病院の玄関口にむかった。タクシーの運転手から見えない位置に移動すると、外壁にそって側面にまわりこむ。それほど広くはないが、入院患者が散歩できるような庭園があった。

植え込みの奥に苔むしたライオンの像が置かれている。本物と同じくらいのサイズだ。台座の上で像はすこしだけ口を開いており、上下の牙の隙間は三センチほどだ。蓮司はノートをその中に隠した。案外、奥まっているから、手を入れて確認しないと、そこに何かがあるなんてわからない。つまり他の誰かが偶然にそれを見つけてしまうなんてことはないはずだ。

ライオンの口に手を差しこんでいるとき、白色の綿毛が目の前をよぎった。そういえばたんぽぽの英語名であるダンデライオンは、【ライオンの歯】という意味だっけと、どうでもいいことをおもいだす。たんぽぽの葉の形が、ライオンの歯に似ていたから、そう呼ばれるようになったそうだ。

蓮司は病院の正面へともどる。タクシーがすこし離れた路肩に停車しており、運転手のおじさんが外で煙草を吸っていた。道をはさんでスーパーがあることに気付く。蓮司は運転手のおじさんに声をかけた。

「スーパーに寄っていいですか？　五分くらいでもどってきます」

「いいよ、行っておいで」

店内に入り、目的のものを探すと、すぐに見つかった。台所用品の棚にアイスピックがある。ついでに思いついたことがあって、ガムテープもいっしょに買うことにした。

タクシーに乗り込んで次の行き先を告げる。西園家周辺の地域を目指してもらった。しかし移動中、渋滞に巻きこまれてしまう。

「この時間、混むんだよ」

鎌倉市は観光客がおおいせいか、一部の道路は混雑がひどいらしい。ほんの数メートルの移動に何分もかかってしまう。こんなことならタクシーに乗る前に公衆電話を使えばよかった。交番や西園家に連絡を入れて警戒してもらうことができたかもしれない。しかしその一方で、自分がどれほど運命に抗（あらが）おうと、最終的には観測した歴史に収束するのではないかというあきらめもある。タクシーに乗る前に電話で強盗への警戒を呼びかけても、結局はいたずら電話だとおもわれて、同じ結果になるのではないか。

「ここで降ります」

西園家までの距離を頭のなかで計算し、走って移動したほうが良いと判断した。財布からお金を支払いながら蓮司は提案する。

「もしよければ、今日の十九時くらいに、さっきの病院の前で待っていてくれませんか？　病院から駅まで、僕を連れて行ってほしいんです」

「わかった。かまわないよ」

運転手は快諾してくれた。その約束が確かに履行されることを蓮司はしっている。車の外に出ると、空の色が淡い黄色に変わりはじめていた。すずしい風が吹いている。鎌倉の町に見られる古めかしい建物の輪郭が際立ち、いつもより美しく見えた。渋滞の列の横を蓮司は走り出した。

細い路地に入り休憩する。息を整えながら、先ほど購入したアイスピックからタグなどを取り外した。山がすぐそばにあり道が傾斜していた。斜面の下に町が広がり、建物の合間にちらりと水平線がのぞいている。

ガムテープと財布を出して、バックパックをそばの茂みにむかって放り投げた。これから強盗犯と乱闘になり、八歳の小春を逃がすという役目がある。その間、ファスナーの壊れたバックパックをずっと抱えているわけにはいかない。新幹線で購入したお菓子と飲みかけのお茶のペットボトル、そして筆記具しか入っていないから、ここに捨てていってしまおう。しかし母の長財布だけは持って行かなくちゃならない。ガムテープで入念に腹部に貼り付けた。

西園家まであと少し。小春の命がかかっている。それに、やるべきことは彼女を救うことだけではないのだ。その先に本当の目的がある。用意をすませると、蓮司は再び走り出した。

二〇一九

西園小春の運転する車はマンションにもどらず都内を走行していた。彼女がどこへむかっているのかわからない。東京の地理なんてしるはずもない僕には、今の自分がどのあたりにいるのかもわからなかった。

「さっきのステーキ、食べられなかったのは、おしかったな。おいしそうだったのに。つわりってわかる？」

妊娠すると肉の焼ける匂いなどで気分が悪くなるものらしい。それで彼女はステーキを口にしなかったそうだ。しかし運転中の彼女のお腹を見ても、それほど膨んでいるようには見えない。もしかしてそこに子どもが入っているというのは嘘なんじゃないか、と疑ってしまう。

婚姻届への記入がすみ、後は役所に提出するだけで正式に僕たちは夫婦になる。しかも彼女のお腹の中には、僕たちの子どもがいるらしい。よろこぶべきことなのかもしれない。だけど今の僕には、得体のしれないおそろしさや不安しかない。だってまだ十一歳だ。野球ばかりやっていたから、女の子とつきあう方法もしらないのに。こわい。とてつもなく、こわい。何がどうなっているんだ。

子どもの親になるという自覚はまるでない。なくてあたりまえだ。僕がこの状況になるのは、二十年も先の話なんだから。だけど、足下がコンクリートで固められたような気分だ。交通事故を回避して、肩を怪我しなければ、この未来も白紙にもどるのだろうか。

「ほら、見て。そこが皇居」

運転しながら小春が言った。助手席の窓のむこうに石垣と堀が見える。高層ビルが立ち並ぶ一画に、そこだけ切り抜いたように広々とした空間が広がっている。

「そういえば、気付いてた？　平成って、終わったんだよ」

「僕は今、それどころじゃないんです」

「私といっしょに未来を歩むのはいやという顔をしてる」

「いやでは、ないですけど……」

自分のしらないところで勝手に人生が決められているかのような理不尽さがあった。

小春は運転しながら音楽を再生する。スマートフォンと呼ばれるタイプの携帯電話で音楽データを再生し、それを無線通信で車のスピーカーから出力しているらしい。この時代にはどこにでもある、ありふれた技術だという。歌声のない、しずかな曲だった。東京の都市の喧噪（けんそう）が遠ざかって、ビル群が神話の世界の遺跡のようにおもえてくる。

橋をわたって駅前のコインパーキングに小春は車を駐めた。次の目的地についたらしい。運動公園で散歩をすると聞いていたが、その前にちょっと寄り道をしたい、とのことだ。周囲に公園は見当たらず、都会の洗練された駅前といった空間がある。

「ここは？」

「この駅、おぼえておいて。大事だからね」

小春につれられて付近をあるいた。駅名と駅前の景色をおぼえさせられる。

「この先に私の通ってた大学があるんだけど、その途中に噴水があってね。蓮司君は昨晩、そこのベンチに座ってたら、後ろから頭を殴られたんだよ。三人の若い男の子たちに」

駅から遊歩道がのびていた。彼女に連れられて移動すると、その場所が見えてくる。植え込みに囲まれた広場に円形の噴水があった。細い水流がいくつも真上にむかって噴き出しており、風がふくと霧状になった水が流れてきてひんやりとした。

「ほら、そこのベンチ」

「ここで襲われたんですか？」

彼女はその一部始終を見ていたそうだ。彼女が救急車を呼び、大勢の野次馬の中、僕は担架にのせられて搬送されていったらしい。

「この場所をよくおぼえておいて、はじまりの場所だから。蓮司君が過去へ出発した場所。だけどそれだけじゃない。二〇一一年の四月、大人になった私たちは、ここで出会うんだよ。私はその頃、大学生だったんだけど、ここに座ってたら、あなたが話しかけてきた」

噴水のそばに木製のベンチがある。小春が座ったので、僕はとなりに腰かける。

遊歩道の途中にある噴水は、近隣住人や通学する学生たちの憩いの場所となっている。

「じゃあその年に僕がここへ近寄らなかったらどうなるんだろう」

「二〇一一年の四月、絶対、来て」

「日付は？」

「蓮司君が決めて。その日が私たちの再会の日になる。それは観測済み」

「すぐに僕だってこと、わかったんですか？　二十年前の事件のとき、助けに入った少年だってすぐに気付きました？」

「全然。そのころの私は、事件のときに守ってくれた少年のことも、夢か幻みたいなものだったんじゃないかともおもってたし。警察の捜査でも少年のことはわからないままだったから」

彼女が僕に好意を抱くようになったのは、もしかしたら、子どものころに自分を守ってくれたヒーローに対するあこがれのようなものがあったんじゃないだろうか。

「私、精神的にまいってたんだよね。事件のこと、まだ引きずってて……」

小春は鞄からタブレット端末を出す。画面に触れて操作すると、新聞の切り抜きが表示された。彼女は事件に関するデータをスキャンしていつでも読めるように持ち歩いているらしい。【映画製作会社社長宅に強盗】【犯人は金品を奪って逃走】【八歳の少女は保護】。いくつかの見出しが目に入る。記事を読んで事件の詳細を把握した。

事件の発生は一九九九年四月二十五日十七時半頃。最初の被害者は西園遥香。小春のお母さんだ。彼女の遺体は車庫の脇に横たわっており、首を絞められて殺害されたものとおもわれる。彼女の爪の隙間からは黒色の繊維が見つかった。抵抗時に犯人の衣類のものが入りこんだのだろう。

犯人は彼女を殺害した後、屋内に侵入した。床にのこっていた犯人の靴跡には、西園遥香の遺体があった車庫付近と同じ種類の砂がまじっていたという。

西園圭太郎、つまり小春の父親は玄関付近で頭部を殴られて死亡。凶器となったのは飾られていたアメジストの置物だったという。このときの犯行を八歳の小春は偶然に見てしまった。二人を殺害した犯人は、目撃者の少女を次のターゲットにする。本来なら西園小春は生き残れなかっただろう。

ところで西園家の床には、土足で踏みこんだ犯人とは別に、子どものサイズの靴跡がのこっていたらしい。捜査により男の子用スニーカーのものだとわかった。しかし周辺地域で該当スニーカーを所持する児童を調査したが見つからなかった。また、関連はわからないが、事件発生直後の時間帯に近所の畑で少年が倒れていたという。少年は搬送先の病院を抜け出して行方はわからず、正体も不明のままだった。警察は少年の行方も追っていたらしいが、結局は何もわからず事件は風化する。

「病院から消えた少年って、僕のことですか？」

「うん。元の時代にもどったら、大人たちの隙をついてすみやかに逃げてほしい」

「僕は警察に事情を話さなくてもいいんでしょうか」

「何を話すの？　未来に行ってきた話？　やめといたほうがいいよ」

事件のとき西園家にいたのは大人の下野蓮司だ。僕に説明できることと言えば、この事件が迷宮入りして犯人が見つからないまま二十年が経過するだろうという未来の情報だけである。

「それに、いそいで鎌倉市から逃げなかったら、最悪な事態を引き起こすことだってかんがえられる」

「何です？」

「あの日、蓮司君は私を守るために犯人と対峙した。犯人に顔がばれているんだよ。私はすぐに警察の保護を受けたけど、蓮司君はそうじゃない。犯人はまだその時間、鎌倉市にいるはずで、仕事のじゃまをした少年のことを、もしかしたら捜し回っているかもしれない」

「何のために？」

「犯人は蓮司君に対して怒っているはず。見つかったらただじゃすまないとおもう」

大人の下野蓮司は、僕がすみやかに実家へ帰るための準備もしておいてくれるという。搬送先の病院の中庭にライオンの像があり、その口の中に帰りの電車や新幹線の切符、お金と今後の指針を書いたノートなどを隠しておいてくれるそうだ。

小春はタブレットを操作して、搬送先の病院の情報を表示する。建物内の見取り図とライオン像の写真だ。

「大人の蓮司君の話では、病院を出てすぐのところにタクシーが駐まっていたらしいよ。それに乗ってまずは駅にむかいなさい」

「犯人はどこに消えたんでしょうか」

「わからない。でも、もうじき、わかるとおもう」

「わかる？　どうやって？」

「蓮司君は二十年前の世界で、そのために鎌倉市へむかった」

「八歳のあなたを救うためではなく？」

「それも目的のひとつ。だけどそれは達成される見込みが高い。すでにその歴史は観測され、こうして達成されているわけだから。重要なのはその後の行動。私たち、計画を練って、どのようにすべきかを話し合った。その結果、【過去で情報を得て、この時代で犯人を捜す】という方針でうごくことにしたの」

覆面の男は西園邸で貴金属を物色したらしい。金目のものをかきあつめ、それからどこかに消えた。警察の調べによると、家の裏手の斜面をのぼった先に空き地があり、比較的あたらしいタイヤ痕があった。犯人が逃走に使用した車両を駐めていたのではないかと言われている。

「蓮司君は私を逃がした後、一人で来た道をもどっていった。逃走車両のあった空き地に行ったんだとおもう。逃亡につかった車のナンバーを記憶するためにね。他にも、犯人の身元を特定する手がかりが得られるかもしれない」

この二十年間、そいつはずっと正体不明で、捜査の網にもひっかからなかった。だけど小春たちは、そいつにつながる手がかりを入手して、未観測の時間で戦いをいどむつもりだという。未観測の時間とは、今日の夕方以降のことだ。僕の大人時代の一日と、少年時代の一日の入れ替わりが終わった瞬間、白紙の未来へと突入する。犯人が捕まっていないという観測された現実が終了し、犯人を捕まえられる可能性がのこされた未来において、彼女はこの事件に決着をつけようとしていた。

一九九九

ぷーんと耳障りな音が聞こえる。羽虫だろうか。男は双眼鏡から目をはなさず、手で虫を追いはらおうとする。しかし音は途切れない。

拡大された視界に見えるのは鎌倉市の静かな地域に建つ邸宅だ。避暑地の別荘をおもわせる外観。豪邸と呼んでさしつかえのない大きさ。併設された車庫には数台の車が見える。車にはくわしくないが、どれも高級車のようだ。クラシカルな形状の骨董品(こっとうひん)みたいな車もある。

家の裏手はなだらかな斜面になっていた。雑多な植物が生い茂り、落葉が足下にクッションのように降り積もっている。男は茂みの中に身をかがめていた。金持ちの豪邸までの距離は数十メートル。容易には見つからないはずだ。

邸宅は路地を入って奥まった場所にある。近所の家まではずいぶんと距離があった。仕事をする上で、多少、大きめの音がしても支障はないだろう。

様々な角度から双眼鏡で外壁を観察する。正面側の壁にオレンジ色のランプが設置されていた。民間の警備会社が採用している機材だ。留守中に侵入者があればそのランプが点灯して外部に異常をしらせる。たとえ留守中でなくとも住人が警報器のボタンを押せば点灯する。どちらの場合も電話回線を通じ、警備会社に異常検知の信号が送信されて人がやってくる。

現在、屋内には三人いた。大人が二名、女の子が一人。ゆっくりと金目のものを探すには、だれにも警報器のボタンを押させないことが重要だ。

ぷーん、と耳障りな音がする。男は双眼鏡をおろして忌々しい羽虫を探す。しかし植物の綿毛が飛んでいるだけで、羽虫の姿はどこにも見当たらない。耳をすまして音の出所をさがす。頭の中から聞こえていた。髪をかきむしりながら、こいつはいつもの耳鳴りの音だと気付く。

特別な緊張感のせいで、耳鳴りの音程が変わっていたのだろうか？　たぶんそれで羽虫とかんちがいしたのだ。しかし、耳鳴りの音程って変化するのか？　変化するのなら、体調やストレスを自由に変えることによって、耳鳴りで音楽を奏でられるのだろうか？　耳鳴りでベートーベンやワーグナーを演奏できたらたのしそうだ。すこしの時間、男は想像の世界に浸る。

夕景のしずけさが耳鳴りを際立たせる。女が庭に出てきて、花壇のそばをあるいているのが見えた。きれいな女だ。家主の妻であり、先ほど、外でなわとびをしていた少女の母親にちがいない。男はふと、自分の母親のことをおもいだす。

ポケットから目出し帽を取りだして頭からかぶる。両手に手袋も装着した。そろそろはじめる時間だ。音をたてないよう、細心の注意をはらいながら、ひそんでいた茂みを出る。

風がふくと、浮遊していた綿毛がいっせいに流れていく。女が夕日を浴びながら花壇に水をやっていた。後ろからちかづいて口元を手でふさぐ。おどろいて声をあげようとするのを押さえつけ、車庫の裏手までひきずった。邸宅の窓から見えない位置まで来ると、女の上に馬乗りになって首をしめる。見開かれた目。足が激しくうごいて男から逃れようとする。やがて抵抗しなくなり、弛緩するように女の瞳孔がひらく。

耳鳴りが消えた。澄み渡るような清浄な世界がおとずれる。

最初の記憶は両親が喧嘩をしている場面だ。次に古い記憶にはもう父の姿がなかった。十一歳のある晩、ストーブの消し忘れが原因で火災が発生し、煙に気付いた彼は窓から逃げのびて助かったが、母は焼け跡から変わり果てた姿で見つかった。

火災がおきるすこし前に、母が居間でテレビを見ていたのをおぼえている。画面には退屈そうな日本映画が映っていた。たんぽぽが咲いている丘で、男女が語らっている場面だ。母はたぶん、それを見ながら、うとうとしてしまい、ストーブを消し忘れてしまったのだろう。母はいつも睡眠不足気味だった。朝早くに起きて食事をつくり、おそくまではたらいて家計をささえていた。母の睡魔に止めをさしたのが、あの日本映画だったのだ。

高校生のとき天皇が崩御して平成がはじまった。男はそのころ児童養護施設から高校に通っていたが周囲になじめず中退する。アパートで一人暮らしをはじめていくつか仕事をしてみた。交際した女性の紹介で暴力団関係の事務所へ行き、仕事の手伝いをすることもあった。駅前で人に話しかけて事務所まで案内し、石を販売する。ただの石ではない。神秘的な輝きを放つそれらには、悪霊を追いはらい、幸福をまねきよせる効果があるのだと説明した。客は嬉々としてお金を支払ったが、何日かすると家族に言われて返品しようとする者もいた。

世間ではオウム真理教が地下鉄にサリンをばらまいていた。阪神淡路大震災で大勢の人が亡くなる。そのころから、時折、耳鳴りがするようになった。金属管を空気がふるわせるような音が頭の中で鳴り続いた。自分の頭は金属製で、中が空洞になっているのかもしれないと想像した。

手伝いをしていた事務所は、ある日を境に空っぽになっていた。関係者は行方がわからなくなり、交際していた女性も消えた。男は別の仕事をさがした。深夜のアルバイトをしていたとき、同年代の青年と配属場所がいっしょになって話をするようになった。青年はNという名前で趣味はパソコン通信だった。彼にゆずってもらった中古のパソコンにはWindows95が搭載されており、電子メールや電子掲示板の使い方をおしえてもらった。深夜のアルバイトをやめた後、Nが合法ドラッグのネット販売をはじめたので、その手伝いをするようになった。それなりの収入になったが、金銭トラブルでNと喧嘩になり関係は断たれた。

その時期、インターネットが急速に普及した。Nとの交流でネット関連の知識を身につけていた男は、アンダーグラウンドサイトを閲覧するようになる。ソフトウェアの違法コピーや違法薬物に関する情報がそこでは盛んにやりとりされていた。そこの掲示板で見つけられる特殊な仕事は、普通にはたらくよりも割がよかった。

二十代半ばのある日、とある男性の復讐を手伝うことになった。

【卑劣漢をリンチしてくれる仲間を募集しています】

対価を支払うとのことだった。なによりも、卑劣漢という言い回しが気に入って、書きこみをした人物に連絡をとった。

「あの書きこみに連絡してくれたのは、あなただけです。とても感謝します」

喫茶店で実際に会ってみると、雇い主は普通の男だった。彼はTと名乗ったが、おそらく偽名だろう。始終うつむきがちで、ぼそぼそと彼は話した。

「復讐の相手は小学生時代の同級生です……」

その卑劣漢にいじめられたせいでTは人間不信になり、登校拒否をくり返し、高校への進学もできなかった。仕事も長くは続かず、親に泣かれてつらいという。しかし彼をいじめていた卑劣漢は、就職して結婚し、二人の子どもに囲まれて暮らしていた。そいつだけ幸福になるのがゆるせないらしい。

Tとともに卑劣漢の住所を確認し、就職先の会社から自宅までの帰宅ルートを調べた。自宅の手前で、人通りのすくない路地を必ず通る。そこで襲うことにした。

ある晩、帰宅中の卑劣漢を駅前からつけた。途中の茂みに隠しておいた金属バットをつかんで、路地に入ったところで殴りかかる。そいつはおどろいた声をあげて苦悶（くもん）の表情をうかべた。Tが何度もバットを振り下ろし、うごかなくなった。男はその横で鞄を拾って財布から紙幣を抜き取った。Tは肩を上下させて息をしながら、恍惚（こうこつ）とした笑顔を見せた。卑劣漢は死んでいた。

事前に予約していたビジネスホテルの部屋でTから報酬を受け取った。Tは気分が高ぶっていて、様々な話を聞かされた。彼が映画好きだとわかったので、ふとおもいついて、母が火災で死ぬ前に見ていた日本映画のことをたずねてみた。テレビ画面に表示されていたカットは目に焼き付いていたが、何という題名の作品なのかをしらなかったのだ。記憶をたどりながらそのカットの特徴をあげてみた。Tはすぐに、とある日本映画のタイトルを口にした。

「それは八〇年代に製作された『たんぽぽ娘』という作品ですね。海外のSF短編小説を脚色した映画です。原作にはたんぽぽの咲いている丘なんて、出てきませんけどね」

Tによるとその映画を作った会社は、最近、海外で買い付けた映画の配給で多大な利益を出しているという。

「一昨日(おととい)は兎(うさぎ)を見たわ。昨日は鹿、今日はあなた。これ、ヒロインの有名な台詞(せりふ)です」

次の日にTとはわかれて、それきり会わなかった。事件は全国的に報道されたが、財布の紙幣が抜き取られていたからか、強盗殺人とみなされたようだ。Tが捜査線上に浮かんだという話も聞こえてはこなかった。

一昨日は兎を見たわ。昨日は鹿、今日はあなた。

Tの顔は忘れてしまったが、その台詞だけは頭の中にこびりついて、ふとしたときに思い出すようになった。

三章

二〇一九

西園小春の案内で僕は東京スカイツリーの展望デッキをあるいた。高さは六三四メートル。地上の世界を見下ろしても現実味がなくて、高さによる恐怖はそれほど感じなかった。僕が暮らしていた一九九九年には、こんな建築物は存在しない。

「二〇〇〇年ごろから、あたらしいタワーを建てようって話があったみたい。首都圏のいろんなところで誘致活動が行われていたらしいよ。着工は二〇〇八年。それから三年半で完成したって」

小春はスマートフォンと呼ばれる板状の携帯電話端末を見ながら話している。そこに情報が表示されているらしい。この時代を訪れて、いくつかの場所を案内されたが、どこに行っても人々は同じように小さな画面を見ている。

ミニチュアの街を遠くまで敷きつめたような景色に、雪のような白い粒が無数に浮かんでいる。それらはいつまでも落ちずに、長い時間、空中にとどまっている。たんぽぽの綿毛だ。

展望デッキの窓から様々な方向を指さして、「あっちにディズニーランドがある」「あっちが新宿」などと小春が説明してくれた。

「むこうに豊洲(とよす)って呼ばれる地域があって、オリンピックにむけて準備してる」

「え、オリンピックがあるんですか？　東京で？」

信じられないけど、本当のことらしい。二〇二〇年の東京オリンピックと東京パラリンピックのエンブレムを見せてもらったが、なかなか格好良かった。

「これが決まるまでに、一悶着(ひともんちゃく)あったけど、すべていい思い出だよ」

長いエレベーターで地上にもどり、土産物屋をすこしだけながめた。記念に何かほしかったが、元の時代にもどるのは僕の意識だけだ。所持しているものはすべて置き去りになってしまうから、買ったところで意味はない。

車で次の場所への移動を開始する。何ヵ所か寄り道したが、事前に言われていたとおり運動公園にむかうらしい。駐車場を出て交通量のおおい道路に出た。小春はラジオをつける。天気予報が流れて、関東では夜に雨が降るらしいとパーソナリティが話していた。

「到着までに二十年前の事件のことを復習しといてくれる？」

赤信号で止まったとき、小春は鞄からタブレット端末を出して僕のひざに置いた。

さきほど噴水そばのベンチで目にした記事やレポートを読み返す。この事件が彼女にとって、どれほどの心の傷となったのか想像もつかない。彼女はそれからどんな人生を送ったのだろう。

車は幅の広い川を越えて走行する。事件記録を読むのにつかれると、小春と両親のなつかしい思い出を聞いた。彼女がちいさなころに三人で海外旅行へ行った話。そこで迷子になった話。ようやく両親を見つけて、泣きながら抱きついたときのこと。

「お母さんは花を育てるのが好きな人だった。あの日もたぶん、庭の花壇に水をやりにいったんじゃないかな」

犯人は、はじめから西園家の住人を殺すつもりだったのだろうか。それとも突発的な出来事として殺人を犯したのだろうか。例えば屋内にだれかがいるとはおもわずに侵入しようとして、住人にばったり遭遇してしまい、おもわず殺してしまうというケースもあるはずだ。

目的地に近づくとカーナビの画面に緑色で塗りつぶされた区画が広がった。東京都が管理する運動公園だ。駐車場に入り、車が完全に停止して僕たちは外に出る。背の高い木々が生い茂っていて気持ちがいい。太陽が傾きはじめており、ほどなく夕方だとわかった。

別の車が駐車場に入ってくる。ふと、視線を感じた。ほんの一瞬だが、車の運転手がこちらを見ていたような気がしたのだ。たぶん気のせいだろう。

「行こうか」

小春が自然な動作で僕の手をにぎる。彼女の手の感触におどろいてしまうが、最初のころにあったような見知らぬ他人に対する怯(おび)えはもうない。いつのまにか彼女に信頼を抱くようになっていた。結婚や妊娠という言葉は重かったが、彼女といっしょにいる時間は、家族とすごしているような気楽さがある。

「どうしたの？」

「いえ、何でもないです」

小春に引っ張られるような形で僕はあるきだす。事前に聞いていた話だと、僕の旅はこの公園で終わりのはずだ。もうじきこの時代に別れを告げ、十一歳の体へもどる。

綿毛の飛びから公園を進みながら、彼女が鼻歌を歌っていた。どこかなつかしいメロディーだった。つないだ彼女の手に指輪がはまっている。そのデザインをよく見て、おぼえておこうと心に決める。

一九九九

地面に横たわる女は息をしていない。圧迫した指の形が首にのこっている。力みすぎて眼球の毛細血管が破裂し、目が赤い。顔の側面に涙が伝って線をひいている。男は清浄な空気を胸一杯にすいこんだ。耳鳴りのしない、しずかな時間だ。

車庫の裏側をまわって邸宅に接近する。監視カメラがないことは確認済みだ。外壁にはりついて耳をすませた。二階からクラシックの音楽が聞こえる。屋内にのこっているのは家主の男性と娘だ。そのどちらか、もしくは両方が、二階の一室で音楽を聴いているのだろう。

一階の窓から屋内を確認する。自分の影が窓辺にかからないよう気をつけた。カーテンがひらいていたので、広々としたリビングが見える。大画面のテレビとソファー。品の良い落ちついた雰囲気の部屋だ。壁際にインターホンと電話機、そして四角いパネル型の機器が設置されていた。そのパネルは民間警備保障会社が契約者の家に取り付ける端末だろう。ランプの色で現在の設定を把握できる。現在の設定はグリーン。扉や窓が開いていても警報器が作動することはない。

リビングからつながっている廊下を人影がよぎった。大人の男性だ。廊下の奥へと人影は消えて見えなくなる。彼はまだ、自分の配偶者が死んだことをしらない。気付かれていない今のうちに行動するべきだ。

勝手口を発見し、開けてみる。鍵はかかっていない。さきほどの女はここから外に出たのだろう。すぐにもどるつもりだったから施錠をおこたったのだ。土足で入った。リビングとつながったキッチンスペースだ。棚にワイングラスやウイスキーのグラスがならんでいる。どれも薄く透明なガラスで、宝石のような輝きをはなっていた。どこかにワインセラーがあったとしてもおどろかない。

海外製の冷蔵庫が存在感を放っていた。銀色の無骨なデザインだ。中身を確認することにした。その行為に意味などないが、たのしみのひとつだ。生鮮野菜が冷蔵庫の中にならんでいる。ヨーグルトとプリンが買いだめしてあった。今から殺すことになる少女の好物だろうか。高そうな生ハムもある。さっき死んだ女が、旦那のために買ったものかもしれない。どこのスーパーにもあるような安っぽい商品ではない。

ちなみに冷蔵庫は直冷式のタイプだった。定期的な霜取りがひつようだが、風を送りこむファン式の冷蔵庫よりも野菜が長持ちする。冷蔵庫としての本質的な部分がすぐれているのは直冷式のほうだ、と常々おもっていた男は、この家の住人に対して好感を抱いた。

冷蔵庫をそっと閉めて、リビングスペースに移動し、廊下の気配を探る。廊下の先に玄関ホールがあった。息をひそめてそちらへ移動する。

玄関ホールは吹きぬけになっており、壁に沿って階段が折り返しながら二階へとつながっていた。ホールを経由して廊下がのびている。その先にトイレがあるらしく、そちらの方から水の流れる音がした。

男は身をひそめる。扉が開閉する音、手を洗うような音がする。慎重に廊下の先を確認すると、中年男性の背中が見えた。突き当たりに洗面所があり、家主の男性が手を洗っている。そのまま、彼は洗顔をはじめた。両手に水をためて顔にあびせている。

玄関ホールには胸くらいの高さの靴箱があり、置物が飾られている。木製の台に載せられた紫色の鉱石だ。おそらくアメジストだろう。アメジストは、真実の愛を守り抜いてくれるパワーを育て、恋人、家族、友人との絆(きずな)を深める、と信じられている。以前、石を販売していたときにおぼえた知識だ。手に持ってみると、ずっしりと重みがある。

「遙香、ちょっと来てくれないか？」

　家主の男の声がした。

「なあ、遙香、タオルの代えを持ってきてくれ」

　廊下の奥から気配が近づいてくる。アメジストをにぎりしめて男は身を潜ませた。家主の男性が玄関ホールに現れる。顔が濡れていた。家主はひげの濃い熊のような人物だった。その目が男へとむけられる。

　玄関ホールの明かり取りの窓から夕日が差しこんでいた。その光が振り下ろしたアメジストに反射して、ほんの一瞬、周囲に光をばらまく。にぶい衝撃が手のひらにあった。

×　　　×　　　×

　開けはなした窓から風が入ってくる。カーテンがゆれていた。白色の綿毛が風にのって、外からゆっくりとただよってくる。

　西園小春は父親の書斎で音楽を聴いていた。黒い革張りの椅子にすわって、レコードプレーヤーの回転する円盤を見つめる。針が円盤のみぞをこすって音を出しているのだと父におそわったが、どうしてそれで音が出るのか、いまいちわからない。だけど、いつまでも飽きずに見ていられた。父の書斎にはおもしろいものがいくつもある。車の模型、宇宙人の人形、古めかしいタイプライター。父は映画で使われていた小道具をあつめるのが好きなのだ。

下の階から、どたんばたんと音がした。だれかが家具をたおしたような騒々しさだ。父か母が足をすべらせて、ころんだのかもしれない。心配になり、部屋を出た。

二階の廊下を抜けて階段から見下ろす。玄関ホールの吹きぬけを通してそれが目に入った。父が頭をおさえるような恰好で床にたおれている。濃い赤色の血が床に散っていた。弱々しいうめき声が聞こえる。その全部が、窓から差しこむ夕日によってほのかに染められていた。

「パパ⁉」

声を発して気付いた。父のそばに男が立っている。黒色の上着に紺色のジーンズ。頭からすっぽりとかぶるタイプの覆面。両手には手袋をはめて、片方の手には玄関に飾ってあった綺麗な石が握られている。

上着と覆面が黒色のせいか、影が起き上がって人間の形になったようにも見えた。覆面越しに目が階段の上の小春にむけられる。男は階段をあがってこようとしている。石を持っていないほうの手を、そっと階段の手すりに乗せた。そこでうごきをとめる。男の足に、倒れたままの父の腕がからみついていた。

よかった、生きてる。小春はすこしだけほっとする。

階段の上の小春を見て、父は何かを言おうとしている。必死の形相だ。逃げろ。口がそのようにうごいた。

直後、覆面の男が石で父をなぐった。一度ではない。何度も何度も。父の腕が男の足からはずれてもやめなかった。血溜まりが床に広がる。最終的に男の握りしめていた石がばらばらに砕けて散らばった。美しい色の破片を床にぶちまける。

覆面の男は、深呼吸するように両手を広げた。山登りで山頂にたどり着いた人がするみたいに。その間ずっと、小春はさけんでいたが、男には聞こえていないようだった。気持ちよさそうにつむっている目が覆面越しに見える。

父に駆けよるべきかどうか迷った。だけど男に近づくのがこわい。逃げろ、と父は言った。二階の廊下を駆け抜け、突き当たりのドアを開けて飛びこんだ。父の書斎だ。扉を閉めてクローゼットにかくれる。口をおさえ、声がもれないように気をつけた。

音楽のレコードをかけたままだ。曲名はわからないが、古い映画に使われていたクラシック音楽だと父がおしえてくれた。

父はきっともうたすからない。死んでしまった。殺されたのだ。

母は？　母を呼んだら、たすけに来てくれるだろうか？

クローゼットには父の上着がいくつもならんでいた。煙草のにおいがする。父は煙草を吸う人だったので煙がしみついていた。

階段の下に立っていた男の姿が頭からはなれない。父にむかって石を振り下ろす様をおもいだして恐怖で身がすくむ。

床の軋む気配がした。クローゼットの扉には隙間があり、部屋の中がすこしだけ見える。ドアが開いて何者かが入ってくる。限られた視界のせいで全身は見えなかったが、さきほど階下にいた覆面の男だとわかった。のそりと部屋にすべりこんでくるその様子は、まるで爬虫類のようだ。

レコードの音楽が止まった。針がひっかくような耳障りな音がして無音になる。よく見えないが、男の仕業だろう。小春は息を止めた。空気をすって、吐く音さえ、目立ってしまいそうなしずけさだ。

男が書斎で耳をすませている。見えたわけではないが、その光景が想像できる。間もなく彼はこのクローゼットの扉を開けて中を確認するだろう。子どもが隠れられる場所なんてかぎられている。机の下か、カーテンの裏側か、ここくらいだ。涙がこみあげてくる。

口元をおさえて隙間に目をこらす。男の腰のあたりが見えた。ベルトにつけていたホルダーから、小型のナイフが引き抜かれる。

そのとき、嘘みたいなことが起こった。

ガチャガチャと階下から騒々しい音がする。玄関扉の取っ手をだれかがうごかしている音だ。ピンポーン、と玄関チャイムが鳴り、バンバンと扉が叩かれる。だれかが家に入ろうとしている。だけど玄関扉が開かなくて入れないようだ。だれだろう? 小春は咄嗟に母じゃないかとおもった。外に出ていた母が、家の異常に気付いて入ってこようとしているのではないか。

それとも覆面の男の仲間だろうか。しかしクローゼットの隙間から見える男は、警戒するように壁際へ寄り、首をせわしなくうごかしている。彼にとってもこの物音は予想外の出来事なのだ。小春はそう察した。

しばらくして、今度は勝手口の開く音がした。家をまわりこんだらしい。そちらは鍵が開いていたのだろう。だれかが屋内に入ってきた。床を踏みならしながら移動する。騒々しい音は書斎まで聞こえてきた。わからない。だれだろう。警察の人？　足音は一階を素通りしてまっすぐに階段を上がってくる。小春が二階で窮地に陥っていることをあらかじめしっているかのように。階段の下には父が倒れて血をながしていたはずだ。しかしそこで足を止めた様子もほとんどない。

クローゼットの隙間から外を見ていた小春は、男がナイフをかまえているのを確認して恐怖する。開かれたドアの裏側に男はかくれた。何者かが部屋に入ってきた瞬間、刺すつもりだ。

来てはだめ！

小春は声にだすべきか、まよった。

×　　×　　×

西園家の手前は幅のせまい路地になっている。両側の茂みから枝葉が伸び、天然のアーチを作っていた。小春の父親がこの土地と家を買ったのは、隠居したかったからだろうか。都会の喧噪をはなれ、しずかなところで子育てをしたいという望みがあったのではないか。

視界がひらけて戸建ての家が現れる。車庫の横に自然と目がいった。まだ、だれも倒れていなかったら、と期待する。事件発生の前に到着できていたら、未然にふせぐことができるかもしれない。しかしその望みはかなわなかった。

女性が倒れている。西園遥香。彼女の足下の地面には無数の線がある。もがいたときに踵でこすった形跡だろうか。資料で読んでいた状況が目の前にあった。その生々しさに怯える。立ち止まってしまいたくなるのを懸命にこらえた。自分は彼女を素通りしなくてはいけない。今、覆面の男は屋内にいる。そこへ一刻もはやく駆けつけなくてはならなかった。

正面玄関の扉に手をかける。鍵がかかっていて開かない。チャイムを鳴らし、扉をたたく。感情が高ぶって、事前に計画していたルートのことが頭から抜け落ちていた。玄関扉には鍵がかかっているから勝手口から入らなくてはいけないのに。冷静になれ。自分に言い聞かせて外壁をまわりこむ。勝手口から土足で屋内に入り、廊下を移動する。家の作りは把握していたが、まだ人が生活している状態で足を踏み入れるのは、はじめてだ。

玄関ホールに西園圭太郎がいた。床に血がひろがって、凶器となったアメジストの破片が散乱している。足を止めてその体に触れたら、まだ体温がのこっているかもしれない。彼が死んだのは何分前のことだろう？　一分前？　それとも数十秒前？　小春の話によれば、彼が殺されたほんの直後に、少年がやって来たらしいのだが。

　蓮司は階段をのぼりながら押し寄せる感情の波に耐える。義理の両親は写真でしか見たことのない人々だ。今、その命がうしなわれたとはいえ、まだ肉体はここにのこっている。彼らをこのまま、ほったらかしにしなくてはいけないことに心苦しさを抱く。これから二十年、小春の涙がつづくのだ。

　二階にその元凶がいる。階段をのぼり、廊下の突き当たりに書斎はあった。扉が室内側にむかって開きっぱなしになっている。だれもいない空間がのぞいていた。八歳の小春はクローゼットにかくれているはずだ。すぐにでも駆けつけたいところだが、部屋の手前で立ち止まる。

　覆面の男が何を企んでいるのか、その動向は把握している。それを見ていた本人から話を聞いていた。

「人殺し！　出てこい！　ドアの裏に、かくれてるんだろ⁉」

　何もしらずに部屋へ入ったら、おそわれていたはずだ。そいつはナイフをかまえて、こちらが部屋に踏みこむのを待っている。蓮司はアイスピックを握りしめた。小春によると、この武器が命中してダメージをあたえることはなかったらしいが、牽制（けんせい）にはなるだろう。

「姿を見せろ！　お前がそこにいるのはわかってる！」

書斎の床が軋む。何者かが体重移動したせいだ。

内側に開かれていたドアがゆっくりとうごいて、背後にひそんでいた人物が姿を見せた。のそりとした動作はどこか爬虫類をおもわせる。頭部は黒色の布製の覆面におおわれていた。いわゆる目出し帽だ。目元の穴から、そいつの双眸（そうぼう）を確認する。

長い間、そいつは謎の存在だった。だれにも見つからず、煙のように消えた。身元を探るための手がかりはなく、どこのだれなのか判然としないままだ。だから、幻の怪物を見つけたかのような、ある種の感慨深さがあった。おまえは何者なんだ？　どこから来て、どこへ消えた？　いくつもの問いがよぎる。しかし相手も、おなじことをかんがえていたらしい。そいつは書斎の出入り口付近に立ったまま、ナイフを持っていない方の手で頭をかき、怪訝な様子で蓮司を見ている。

「だれだ？　近所の子か？」

二十代から三十代くらいの声だ。もっと話をさせれば、言葉のイントネーションから出身地域がわかるかもしれない。

「だれでもいい。どうしてこんなことを……」

「死体を見なかったのか？　おまえ、その横を通り抜けて階段をのぼってきたよな？　普通は死体を見つけた時点で警察を呼ぶとおもうんだが」

外見を観察する。身元を特定できるものは身につけていない。

覆面の男がうごいた。書斎の机に置いてあったガラス製の灰皿をつかんで投げつける。咄嗟に頭をふせると、灰皿は頭上を通過し、背後の床に落ちて重たい音をたてた。

直後、覆面の男の蹴りが飛んでくる。そいつの足は異様に長く、予想外の距離から腹を蹴られた。子どもの軽い体は吹っ飛ばされて、一瞬、呼吸ができなくなる。追い打ちを警戒してすぐに立ち上がろうとしたが、足がすくんでうごかない。相手はナイフを持っている。飛びかかられたら危険だ。しかし覆面の男は書斎の奥に顔を向けた。クローゼットの中から悲鳴が聞こえていた。

覆面の男はクローゼットに近づいて中を確認する。男性の上着がハンガーにかけられており、その間にはさまって泣いている少女がいた。今までは声を押し殺していたらしいが、見つかってしまい、悲鳴を隠そうとしなくなった。

八歳の小春だ。髪型はちがうが面影はある。十一歳の蓮司の体よりもはるかにちいさい。手首を覆面の男がつかんでクローゼットから引っ張りだした。小春はいやいやをするように首をふって抵抗する。

蓮司は立ち上がり、書斎に飛びこんだ。アイスピックの先端をむけて覆面の男に突進する。そいつは小春を放し、蓮司の手元を警戒するように体をのけぞらせる。そのまま蛇がからみつくように横から腕をとられてしまう。

「なんて物騒なんだ！　頭がおかしいんじゃないのか⁉」

そいつは蓮司の体をおもいきり窓のある方にたたきつける。大人の体と子どもの体では根本的に力の差があった。野球で鍛えているはずなのに、そいつの腕力の方が上だ。

小春が床にへたりこんで、血の気の失せた顔でこちらを見ている。

覆面の男は不用意に近づいてこない。やはりこちらの武器を警戒しているようだ。

蓮司は問いかける。

「おしえろ……。おまえは、だれなんだよ……」

資料を読みながら何千回もくり返した質問だ。

「子どもと話をしている場合じゃない。俺は小学校の先生じゃないんだぞ」

「ここがだれの家なのかわかってるのか」

「しってる、金持ちの家だ。見ればわかるだろ。それに、この家は……」

それまで感情を見せなかったそいつの瞳が、すこしだけゆれた。

「そうだ、確か……」

覆面の男がつぶやく。

「一昨日は兎、昨日は鹿……」

蓮司に聞かせるというよりも、自分のために詩を諳(そら)んじているような声だった。

「……今日はあなた」

こいつは行き当たりばったりの偶然にこの家を狙ったのではない。西園圭太郎の自宅だという事前の調査がおこなわれている。蓮司はそう確信した。さきほどの台詞は小説『たんぽぽ娘』に登場するものだが、西園圭太郎が製作した映画版でも使用されていたはずだ。

そのとき、体に衝撃をうけた。思考の空白をついて蹴られたらしい。小春が悲鳴をあげた。視界のすみで顔を覆っている。蓮司は姿勢をくずしてよろけてしまう。手からアイスピックが滑り落ちてしまった。

いそいで拾おうとするが、おそかった。覆面の男が先に、床に落ちたそれを拾ってしまう。そいつは余裕の態度で、窓の外に手を出し、蓮司の唯一の武器だったものを捨てた。

蓮司は咄嗟に窓へ飛びつく。空中でつかめるんじゃないかとおもったが、できなかった。それは外壁に沿って落下し、地上に設置されたエアコンの室外機の上にころがって、壁との隙間に落ちて見えなくなる。

　覆面の男との距離が近かった。そいつはナイフを握りしめている。銀色の刃は五センチ程度で、それほど長くはないが、切っ先をむけられた状態には恐怖しかない。手加減のない様子で、それが蓮司の腹にむかって突き刺された。

「あぶない！」

　小春の声がする。

　不思議と何もかもがゆっくりに見えた。顔を覆っていた手をどけて、涙をためたその目で、小春は一部始終を目撃している。その光景をいつの日か語ってくれるのだ。

「犯人はナイフを隠し持っていて、そいつを僕に刺した。でも、僕は無事だった。どうしてだろう？　小春の見間違いというわけじゃないよね？」

「うん。どうしてかわからないけど、蓮司君は無事だった。お腹に突き刺さったのに、血も出ていなかったし、痛がったりもしてなかった」

蓮司は膝をつく。たしかに衝撃はあったが、刃物が刺さったような痛みはない。それとも実際は刺さっているのに、脳が勝手に痛覚を遮断し、この後、遅れて痛みがやってくるのだろうか。

お腹を触ってみて確認する。服には穴が空いているが血は出ていない。なぜか自分は、たすかっている。

小春が恐怖に顔をこわばらせて何かをさけんでいる。覆面の男はまるでもう問題は片付いたという様子で背中をむけていた。ナイフの刃に血がついていなかったことを見落としているようだ。

蓮司は立ち上がると、覆面の男に背後から体当たりをした。不意を突かれてそいつは前のめりに倒れる。書斎の机に置いてあった古めかしいタイプライターを持ち上げ、そいつの頭の上に振り下ろした。騒々しい音がして金属製のタイプライターが破損する。覆面の男はうめき声をあげながら、頭をおさえてうずくまる。死んではいないらしいが、しばらくはうごけないだろう。

「今だ！　立て！　逃げるぞ！」

小春の腕をつかんで立ち上がらせる。足下がおぼつかない様子だったが言うとおりにしてくれた。八歳の彼女にとっては蓮司もまた正体不明の侵入者のはずだったが、害はないものと判断してくれたようだ。

書斎を飛び出し階段を駆け下りる。倒れて血を流している父親に小春はすがりついた。呼びかけながら肩をゆらす。しかしもう死んでいるのは明らかだ。

「……小春、行くぞ」

彼女は肩をふるわせて蓮司を見る。どうして名前をしっているの？　という疑問を感じたらしい。彼女の腕をつかんで、無理矢理に父親の遺体からひきはなす。玄関に置いてあった小春の靴を手につかんだ。玄関扉を内側から解錠して外に出る。綿毛の飛びかう夕焼けの中を二人で走った。家の敷地を出て幅のせまい路地へ飛びこむ。覆面の男が追ってこないのを確認し、そこでようやく小春に靴を履かせることができた。

「……お母さんは？」

嗚咽(おえつ)の合間にしゃくりあげながら小春が言った。

「まずは安全なところまで逃げるんだ」

玄関先からは車庫の横に倒れている彼女の母親の姿は見えなかった。彼女が母親の死をしらされるのはもうすこし後のことだ。

「きみはこの先の家でたすけを求めるといい。警察を呼んでもらうんだ」

泣きながら少女は蓮司を見ている。

「さあ、行こう」

靴を履いて足下が楽になり移動が速くなる。

路地の両側からのびる枝葉のアーチを抜けながら、蓮司はお腹を確認する。先ほど刺された箇所だ。痛みもなく、血も出ていない。服をまくりあげると、お腹に貼っていた長財布のことをおもいだす。ガムテープをはがして、長財布の様子を確認する。生地の一部が裂け、中身の硬貨が数枚落ちてころがった。硬貨を入れるスペースに一円玉や十円玉が入っている。ナイフの刃はこれに当たったのだと気づいた。長財布のおかげで大怪我を免れたらしい。

もしもバックパックのファスナーが壊れていなかったら、長財布をお腹に貼り付けてはいなかったかもしれない。その場合、自分は命を落としていただろう。蓮司は安堵の息をはきだして、再びお腹にそれを貼りつける。一度、はがしたせいでガムテープの粘着面が弱くなっていたが問題ないだろう。

西園家から十分に距離ができて、覆面の男が追いかけてくる気配もない。どうやら小春の救出に成功したらしい。観測されていた結果ではあったが、例外の起こらなかったことに蓮司は感謝した。

二〇一九

運動公園の広い敷地を西園小春と散歩しながら二十年前の話を聞いた。彼女の目は遠くにむけられていた。二十年の時間をさかのぼったところにある一日を見つめているのだろう。

「その少年は私を近所の家の前まで連れて行ってくれた。自分はやるべきことがあるから、私ひとりで行くようにって。少年が何者で、どこへ消えてしまったのか、大人たちは気になっていたみたいだけど、私はそれどころじゃなかった。お父さんとお母さんが、急にいなくなって、何もかんがえられなかったから。時間がたってすこしずつ、あの少年はだれだったんだろうって気になってきたし、もちろん、感謝もした。私は彼のおかげで生きのびることができたんだって」

彼女は僕に好意的な目をむける。居心地がわるかった。今の僕には身に覚えのない出来事だ。他人の話を聞かされているようなものだった。

「近所の家にたすけをもとめて、それからどうなったんですか？」

「その家にはおばあちゃんしかいなくて、うまく説明できなくてこまったかな。警察を呼んでほしいってたのんでみても、通報するのは躊躇したみたい。だけど私の異様な雰囲気は伝わってた。確認のためにおばあちゃんが私の家に行こうとしたから、あわてて止めなくちゃいけなかった。犯人がまだいたら危険だったから」

　時間はかかったが八歳の小春はおばあちゃんを説得して警察に連絡をしてもらうことに成功したそうだ。空がうす暗くなってきたころ、最寄りの交番に勤務していた二人組の警官が到着した。二人は西園家の様子を見に行き、すぐに青ざめた顔でもどってきた。その後はたくさんのパトカーがやってきて騒々しかったらしい。彼女が母親の死をしらされたのは、そのころだった。

「お隣のおばあちゃんの家って、玄関が引き戸になってて、模様の入ったガラスがはまってたんだけど、そこにパトカーの光が透けて見えたのをおぼえてる。ガラスの模様に赤色の光があたってきれいだった。上がり框に座ってたら、おばあちゃんと警察の人が話をしてて、私の方をちらちらと見てた。それからおばあちゃんが、エプロンで涙をぬぐいながらそばに座って、言葉を詰まらせてた。それでなんとなく、お母さんはもう死んでるんだってことがわかったんだ。おぼえてるのはそこまで。泣いてるうちに寝ちゃって、何日かすぎてた」

　ベンチにならんで腰かける。見晴らしのいい運動場が目の前にひろがっていた。

すこしはなれた場所で少年たちがキャッチボールをしている。全員、小学生くらいだ。いつもは僕も公園に来ると彼らみたいにキャッチボールをして遊んでいる。こんな風にだれかとゆっくり座っていることなんか滅多にない。

小春は鞄からタブレット端末を出して事件の記録を表示した。犯人の逃走経路について考察された文章だ。西園家の周辺の地図もある。

西園家の裏山の雑木林を抜けて斜面をのぼったところに、車を駐められる空き地がある。そこにタイヤの跡がのこっていたらしい。

「犯人は前から小春さんの家に狙いをつけていたんでしょうか？」

空き地の車が犯人のものだとしたら、わざわざ道のない場所を通り抜けて家の敷地に侵入したことになる。その場合、前から西園家は目をつけられていたのではないか、とおもえた。

「ちょうどその時期、お父さんの会社、調子が良かったみたい。海外で買った映画がヒットしてたから。その記事を読んだのかもしれない」

「映画って買えるものなんですか？」

「配給する権利を買ったってこと。でも、会社でも何本か作ってた。お母さんがもともと脚本家だったんだよ。お母さんがお話をつくって、お父さんが出資をした映画もあって、それを見ると、しあわせだったときのことをおもいだす。その映画をきっかけにお父さんとお母さんはしりあって、私が生まれることになったわけだから」

事件から数年後、会社の業績は低迷し、他の大手製作会社に吸収された。所有していた映画の権利もすべて持って行かれたという。その話をする小春は、すこしさびしそうだった。彼女にとっては特別な作品だったのかもしれない。

「何という映画ですか？」

「『たんぽぽ娘』って言うんだけど」

「かわいらしい題名ですね」

「ロバート・F・ヤングっていう人の短編小説が原作なんだ」

映画の内容を想像してみるが、まったくわからなかった。

そのとき僕たちの方へ野球のボールが飛んでくる。すこしはなれたところに落ちて、何度かバウンドしながら、小春の足下にころがってきた。キャッチボールをしていた少年たちがこちらを見ている。

投げ返してあげようとおもったら、先に小春が立ち上がってボールを拾った。彼女はボールを握りしめた手を高々とかかげて少年たちに見せる。

「投げるよ！」

夕焼けになるすこし前の、世界が、はっきりと見える時間帯だった。そのせいで小春は明瞭な輪郭をともなっていた。ゆれる髪。のびた腕。ボールが指先から離れる瞬間がスローモーションのように見えた。白球は弧を描くように飛んでいく。少年たちのすこし手前に落ちる。わるくない。フォームが様になっていた。大人の僕にキャッチボールをつきあわされていたのだろうか。たとえ肩を怪我してもキャッチボールくらいは暇なときにやっていたんじゃないかなと想像してしまう。僕のしらない僕と小春のつながりをすこしだけ想像することができた。

「ありがとうございます！」

少年たちが頭をさげた。まるで自分を見ているような気がする。

一九九九

大通りから西園家の土地に通じる路地の入り口に古い民家がある。

「あの家をたずねて事情を説明しろ。警察に連絡してもらうんだ。できるな？」

民家の前で八歳の小春に言い聞かせた。少女は嗚咽しながら首を横にふる。恐怖でくちびるがふるえていた。無理もない。悲惨な場面を目撃したばかりだ。心構えのできていた自分とはちがう。小春の手を握りしめると、指先まで冷たかった。すこしだけ身をかがめて、目の高さを同じにする。

「僕はいっしょに行けない。小春が一人で事情を説明しなくちゃならない。それがきみにできることはわかっているんだ。歴史が保証している」

小春はまだおびえている。しかし蓮司の言うことを必死に理解しようとする表情を見せた。

「いいか。かなしみにつぶされて、その場に座り込んだりしたらだめだぞ。僕がここからいなくなったら、そこの家の玄関をたたいて人を呼ぶんだ。わかったな？警察を呼んでもらうんだぞ。きみにはできる。観測済みなんだ」

「カンソクずみ……？」

「そう、観測済みだ」

あらためて少女の顔を見る。輪郭や目鼻立ちはおなじだが、ずっと幼い。目の前の少女と、蓮司のよくしっている大人の小春は、連続している同じ人間なのだ。ここで少女が体験している出来事は、ずっと先の未来の小春へとつながっている。想像すると奇妙だった。

「また会える、二人で立ち向かうんだ。運命に負けるな。会えてよかったよ、小春。またな」

じっとしている場合じゃない。蓮司は少女の両肩をつかんで、民家の玄関の方にそっとむける。次に会うのは確か、彼女の時間軸では十年以上も先のことだ。

少女に背中をむけて蓮司は来た道をもどる。途中でふりかえると、少女が戸惑うように蓮司の方を見ていたが追ってこようとはしない。さっき逃げてきた方向へ逆戻りしたいとはさすがにおもわないだろう。気にせず蓮司は歩みを早めた。

西園邸の家屋が見える位置までもどってくる。息をひそめて茂みの背後にかくれた。覆面の男はこの時間、屋内を物色しているはずだ。警察の記録によれば、家具をひっかきまわして、金品を探した形跡があったという。

ここから先は観測された情報がすくない、不明瞭な時間だ。再会した蓮司と小春は、自分の見聞きした情報を寄せ集め、この日に何が起きたのかを推測したが、わかっているのはここまでだった。気をひきしめてうごかなくてはならない。

道から外れ、雑木林の中を移動した。枝や植物の蔓(つる)が行く手をさえぎり、地面も平坦ではない。まっすぐに歩行することは困難だったが、雑然とした茂みの中にも移動のしやすいルートはある。大人になってこの場所に何度かリサーチにおとずれて、獣道の場所を把握していた。

西園家の土地を迂回(うかい)して裏山をのぼる。逃走車両のある空き地に先回りをするためだ。今、覆面の男をつかまえて警察に突き出す必要はない。観測された歴史がそうなってはいないため、失敗する可能性も高い。蓮司がやるべきことは、逃走車両のナンバーを記憶することだ。可能なら犯人が覆面を外した瞬間を確認し素顔をおぼえる。二十年後の未来にもどったとき、そいつの居場所を特定する何らかの情報をできるだけ集めるのだ。

筆記具が手元にあればと後悔する。見聞きした情報を腕や太ももに書きのこすことができたのではないか。それを警察の捜査に役立てることもできたはずだ。筆記具をバックパックとともに捨ててきてしまったのは悪手だったかもしれない。

さきほどまで懸念事項がひとつあった。空き地で発見されたタイヤの痕跡が事件とは無関係のものだった場合だ。空き地の車は、偶然に何者かがそこに駐車していただけだったとしたら、犯人の素性を探るという今回の計画が詰んでしまう。

だけど今は、車が無関係ではないという確信があった。

「一昨日は兎、昨日は鹿、今日はあなた」

覆面の男は確かにそうつぶやいた。あいつは無作為に西園家を選んだわけではない。偶然に通りかかったのではないとするなら、逃走方法のことも事前にかんがえていたはずだ。

斜面に生い茂っている雑草をかき分けると開けた場所が見える。目的地についた。そこは西園家の裏山の中腹あたりで、もともとは畑があったらしく、麓から道がつながっていた。

車がある。蓮司は息を飲み、鼓動がはやまるのを感じた。黒色の車体だ。国産メーカーの乗用車で、窓ガラスに黒色のフィルムがはってある。遮光のためだろうか。それとも通行人に車内を見られたくない理由でもあるのだろうか。

身をかがめて目をこらす。ナンバープレートの数字を読み、頭の中に記憶した。決して忘れてはならない。その数字の並びを確実に未来へ持ち帰らなくてはいけなかった。何度も数字を反芻し、覆面の男がこの場所に来てくれることを祈りながら待つ。まだ車がここにあるということは、覆面の男よりも先回りすることができたということだ。家捜しを終えた犯人は、きっとここへ来る。

茂みを出て車にちかづきたい衝動を覚える。しかしこのまま遠目に観察することを選んだ。頭を低くして移動し、異なる角度から車を観察した。テールランプの形状から車種を特定する。九〇年代に販売されていた車の種類について事前に勉強しておいたのが役に立った。この時代に街中でよく見かけられたセダンのひとつだ。

樹木の後ろに片膝をついて息をととのえる。そのとき、車がかすかにうごいたように感じられた。タイヤがほんのすこしだけしずんでまた元に戻った。

だれかが車の中にいる？　車内に人が乗っていて身じろぎしたかのようにおもえた。背筋が凍る。遮光フィルムのせいで今まで気づかなかった。もう一人が車で待機している？　家捜しをする係と、逃走のための運転手という、二人組の犯行なのかもしれない。

西園家の方角の茂みがゆれた。覆面の男が雑草をかきわけて現れる。犯人だ。

蓮司は息を止めて、意識を集中させる。

そいつは片方の手にブランド物の鞄を下げている。記録によれば西園家で調達したものだ。中には盗んだアクセサリー等が詰めこまれている。犯人は周囲を警戒しながら車へと近づいた。そのまま助手席側へむかう。車まで数メートルという距離のところで、犯人は、あいている方の手を覆面にかけた。

目出し帽を脱ぐ。男の素顔が外気にさらされた。頬のこけた青年だった。骸骨に皮膚を張りつけたような風貌だ。くちびるはうすく、暗い目ばかりが印象にのこる。未来にもどって似顔絵を描くひつようがあった。蓮司は遠くからその顔を目に焼き付ける。

青年の表情に一仕事終えたという充実感はない。眉間にしわをよせ、問題が発生したという雰囲気をただよわせている。青年の顔を観察できたのは、ほんの数秒だった。彼はすぐに助手席のドアを開けて乗りこんだ。

蓮司の予想では、すぐに車は発進し、犯人は逃亡を開始するはずだった。運転席に乗っている人物を確認できなかったのは痛いが、犯人特定につながる重要な情報はいくつか得られたとおもう。後は車を見送って未来にもどればいい。

自分はこの後、麓へむかう途中で足をすべらせて斜面を転がり落ちてしまうのだろう。頭を打って一時的に意識をうしない、次に目が覚めたときはもう、この体の中にいるのは少年時代の自分のはずだ。

そこから先は、自分自身の過去の記憶へとつながっていく。少年時代に体験した出来事は、自分の主観にとっては古い記憶だが、実際にはこのあとすぐに起きるのだ。空は茜色(あかねいろ)にそまっている。周囲から虫の声がしていた。

しかし車はしばらく待ってみても発進しなかった。

二〇一九

ひんやりとした風がふいて雲が流れていく。夕日が陰ってうす暗くなり、野球をしていた少年たちが帰り支度をはじめた。西園小春がベンチであくびをしながら言った。

「蓮司君、トイレがむこうの方にあるから、行きたくなったら行ってくるといいよ」

「わかりました、そうします」

「まだ行きたくならない？」

「ええ、全然」

何なんだこの会話。

トイレくらい行きたくなったら勝手に行くのに、と僕は首をかしげそうになる。

「それよりも、たぶん、もうそろそろですよね」

「何が？」

「僕がもとの時代へ帰る時間です。確か夕方ごろでしたよね」

「うん。ざんねんだけど、もうすぐおわかれの時間だ」

部屋で聞かされた説明によれば、この後、僕はどこかのタイミングで何かに頭をぶつけるらしい。いや、何かが頭にぶつかってくるのだったか？　その衝撃が原因で意識が遠くなり元の時代への時間跳躍現象が発生するという。

しかし、僕の頭に何が激突するのかはよくわかっていない。小春にその話をした大人の僕が、その瞬間を客観的に観測できていなかったからだ。

「それは何時何分ごろに起きるんですか？」

「詳細なタイミングもわからない。でも、たとえわかっていたとしても、秘密にしておこうって、大人の蓮司君と話し合って決めた」

「どうしてです？」

「のこり時間をたのしむためだよ。しらないほうがリラックスしてすごせるでしょう？」

確かに時刻の詳細を聞いてしまったら、頭に何かがぶつかるのをカウントダウンしてしまうだろう。それではのんびりと世間話もできないし、身構えておもわず頭をかばってしまい、もとの時代へもどれなくなる可能性もある。できるだけかんがえないようにしよう。

「少年の蓮司君に会えてうれしかった。私とおわかれするのはさびしいかもしれないけど、一時的なものだから安心して。何か聞いておきたいことはある？　未来の情報を得られる機会なんて滅多にないよ」

「この時代のことをできるだけしらないままにしておきたいんです」

「変えたいんだったね、歴史を」

「歴史だなんて、そんな壮大な話じゃないですけど」

僕はただ肩を負傷したくないだけだ。それさえ回避できればいい。

観測済みの出来事はかならずおこるのだろうか？

それとも僕の意思で未来は変えられるのだろうか？

この時代でいろいろなものを見聞きしてしまった。観測すればするほど、人生が窮屈になっていく。僕は交通事故で肩を負傷するらしい。二〇〇〇年八月十日。その日には決して家を出ないことにしよう。それで事故を回避することができるはずだ。

時間軸に枝分かれを生じさせ、異なる未来へとむかわなくてはいけない。

でも、その場合、僕と小春の関係性はどうなるのだろう？　変わってしまうのだろうか？

「蓮司君」

「何です？」

彼女を見ると、不意打ちのように顔が近づいてきて、くちびるが触れた。

鼻と鼻がぶつからないように、すこしだけ顔をかたむけている。薄い皮膚と皮膚が接触して、くすぐったかった。彼女が顔を離すと、ただの余韻になる。吐息が感じられるくらいの距離で、何かを引用するような言い方で彼女は言った。

「また会える、二人で立ち向かうんだ。運命に負けるな」

僕はおどろきで身動きできなかったが、かろうじて頭を縦にふった。

小春は目をほそめて、くちもとがほどけるように笑みをひろげる。ベンチから立ち上がり、彼女は背伸びをした。やってやったぜ、とでも言いたげな顔だ。しかしすぐに、怪訝な声を出した。

「ん？」

うごきをとめて、どこか一方に視線をむけた。ベンチの後ろの方向だ。

「ごめん、蓮司君、すぐもどってくるから」

小春は小走りになってそちらの茂みへとむかった。何か気になるものを見つけたらしい。

僕はそれどころではなかった。異性とキスをしたのがはじめてだったから動揺していた。くちびるにまだ感触がのこっている。少年野球チームのメンバーに言っても、こんなことは信じてもらえないだろう。

頬に手をあてる。顔がほてっていた。赤くなっているのかもしれない。もどってきた小春にそれを見られるのが恥ずかしかった。ちょっと顔を洗ってこようか。水で冷ますことによって顔のほてりを消すという作戦だ。

立ち上がって、ベンチをはなれる。公園のトイレを探してあるいた。さきほど小春が指さした方にむかって移動する。案内板によれば、体育館の裏手あたりにトイレがあるらしい。駐車場の付近だった。

すずしい風が吹いていた。外灯が点(とも)り、その周辺をただよっていた綿毛が照らされる。

広場で野球をしていた少年たちを見かけた。大半は帰ったらしいが、二人だけのこってキャッチボールをしている。ボールをグローブで受け止める馴染(なじ)みの音が心地よい。白球がおたがいの間を行き来している。

二十年後にも、当然のことだけど、キャッチボールという文化がのこっていてよかった。そんなことをぼんやりとかんがえる。

トイレがあった。四角型の簡素な造りの建物だ。しかしその手前まで走ったところで、靴の裏側に違和感をおぼえる。

路面に張りつくような感触。立ち止まって靴裏を確認してみると、ガムらしきものがべっとりとくっついていた。だれかがガムを噛んで、そのまま路面に吐き出したのを、運悪く踏んでしまったらしい。

何だよこれ、もう……。

せっかく心地いい気分だったのに。などとかんがえていたら、後頭部にがつんと衝撃が起こった。

× × ×

逃げていく人影を西園小春は早歩きで追った。妊娠中だから、おもいきり全力疾走するのはやめておいた。お腹の膨らみはまだないけれど、子どもに影響があってはならない。

ベンチで蓮司とキスをした後、背伸びをしていたら人影が目に入った。植え込みをはさんだ位置にその人物は立っていた。うす暗くなっていたから顔まではわからなかったが、小春が振り返ったタイミングで逃げ出した様は、あきらかにあやしかった。すこしまよったが、蓮司をその場にのこして追うことにした。

短時間ならベンチを離れてもいいだろう。もどってきたときもまだ十一歳の蓮司の意識は元の時代に帰っておらず、ベンチにいるはずだ。彼が元の時代に帰る時刻は、はっきりとわかっていない。大人の蓮司の話によれば、トイレに行く途中で頭に何かがぶつかったのだという。念のため先ほど確認してみたが、彼は今すぐにトイレへ行きたいという雰囲気ではなかった。ということは、まだしばらくこの時代にいるということだ。

「あのー！」

早歩きで人影を追いながら小春は呼びかける。外灯のそばを通過する際、スーツ姿の男性であることがわかった。痩せ型で長身の後ろ姿には見覚えがある。やっぱりそうだ、と小春は確信する。

「ちょっと、お義兄（にい）さん！」

呼びかけると、観念するように彼は立ち止まった。ため息をつきながらふりかえった下野真一郎の表情は、いたずらが見つかった際の蓮司によく似ており、さすが兄弟だとおもう。四角いフレーム眼鏡のむこうに、気まずそうな、それでいてどこかたのしそうな目がのぞいていた。

「見つかっちゃったか」

「もしかして、ずっとついてきてました？」

ちかづいて問い詰める。彼は視線をそらしながら言った。

「レストランからだよ。見逃すわけにはいかないとおもって。特別な一日に立ち会うため、何年も前からこの日を休暇にすると決めていたんだ」

「どうしてこそこそと、かくれてたんですか」

「蓮司にしられたら全力で妨害されそうだし。感慨深かったよ、いいもの見させてもらった。二十年前から聞かされていた未来の一日が、目の前で進行していたわけだから。あいつの体に入っていたのは、確かに子ども時代のあいつだったとおもう。ホテルのレストランのあたりで蓮司とすれちがったんだが、むこうは俺に気づかなかった。嘘をついているなら、ちらりとでも俺を見るはずだろ？」

「そういえば、車……」

レストランのあるホテルを出たあたりから、車がついてきているような気がしていた。気のせいだとおもっていたが、あれは義兄の運転する車だったのかもしれない。

「これから蓮司の持ち帰ってきた情報を精査して、事件の犯人捜しがおこなわれるんだろう？　手伝いがほしいときは、俺に声をかけてくれ」

真一郎の上着のポケットからストラップのようなものがはみ出ていた。

「それ、カメラですよね？　撮ってたんですか？」

真一郎はポケットから小型のデジタルカメラを出す。

「後悔してる。望遠のレンズを持ってくればよかったって」

「さっきの場面を撮ったんですね。あとでデータをください」

「……消せと言われるかとおもった」

蓮司ならそう言うかもしれない。シャイなところがあるから、自分がキスをしている写真なんて見たくないと主張するだろう。

「お義兄さん、それは大事な写真だから、一刻も早くバックアップをおねがいします」

「蓮司をからかうために撮ったんだが、よろこばれるとは意外だ……」

真一郎はすこしたじろいだ様子だった。あのキスは完全なアドリブだ。そんなことをしたなんて事前に蓮司も言っていなかった。その瞬間がうまく撮れていたなら、パソコンの壁紙にするのもいいかな。

「ほんとうは写真を今すぐチェックしたいところなんですが、私はもう、もどります。お義兄さん、さよなら」

そうだ、こんなことをしている場合ではない。ベンチにもどって十一歳の蓮司とすこしでもおおく語り合った方がいい。こんな貴重な出来事は、今後、一生ないはずだから。

真一郎に会釈をすると、彼は手をふった。

「じゃあまた、今度、みんなで食事に行こうな」

「ええ、ぜひ」

風が冷たくなっていた。天気予報によれば今夜から明日にかけて雨が降るらしい。ベンチの方へ早歩きでもどりながら空を見上げる。間もなく、大人の蓮司が二十年前の世界から帰ってくる。両親を殺した犯人について、身元を特定できるような情報は入手できただろうか。気になって質問攻めにしてしまいそうだ。だけどまずは、ねぎらってあげなくてはいけない。彼は二十年前の世界で、小春の窮地を救ってくれたのだから。

目をつむると、あの日のおそろしい出来事がうかぶ。小春にとっては二十年前の一日だが、彼はまさにその場面に立ち会った直後のはずだ。当時の自分みたいに、カウンセリングが必要な状態に陥っている可能性だってある。

「蓮司君?」

ベンチまでもどってきて小春はあたりを見回す。

さきほどまで座っていた婚約者の姿はなかった。

「おーい! 蓮司君、どこー⁉」

呼びかけてみるが返事はない。

胸騒ぎがあった。もしかしたら、もうトイレにむかったのだろうか。さきほどはまだ行かなくていいと回答していたけれど、嘘だったとか? 小春はトイレの方へ移動してみることにした。

彼がどのあたりの位置で意識を失うのかについては、大人の蓮司の記憶から特定できていた。公園のトイレの手前あたりで、だれかの捨てたガムを踏んでしまい、靴裏を確認していたところで頭に衝撃があったという。今日という一日に対する備えとして、事前に二人でこの運動公園を訪ねてその場所を確認しておいたのだ。そこに行けば蓮司が倒れているはずだ。

しかし、そこにも彼の姿はなかった。

どういうことだろう? 彼の記憶がまちがっていた? 実際は別の場所で頭に何

かがぶつかった？　それとも観測済みの事象がくずれて、別の時間軸に入った？

野球のユニフォームを着た少年が二名、談笑しながら自転車を押している。この付近でキャッチボールをしていた子たちだろうか。彼らの存在は大人になった蓮司からも報告を受けていた。トイレにむかうときキャッチボールをする少年たちのそばを通ったらしいのだ。その子たちの投げたボールが頭にぶつかったという可能性さえ事前に検討していた。

「ねえ、ちょっといいかな」

小春が呼び止めると、二人の少年は足を止めた。

「このあたりで男の人を見なかった？」

「はあ、何人かいましたけど」

少年たちは顔を見合わせて、「どの人のことかな？」と首をひねっている。

「この辺でキャッチボールしてたんだよね？」

「はい」

「じゃあさ、投げたボールが飛んでいって、だれかの頭に当たったりした？」

少年たちは怪訝な様子で首を横にふる。何でそんな質問をするのだろうと不思議がっている。嘘を言っているようには見えない。彼らはだれにもボールをぶつけてなどいないらしい。

「わかった、ありがとう。変なこと聞いて、ごめんね」

小春がそう言うと、少年たちは会釈をして自転車を押しはじめた。

さて困った。彼はどこへ消えてしまったのか。

小春は蓮司の名前をくり返し呼びながら周辺をあるいてみる。

「蓮司君！　どこにいるの⁉」

外灯が連なっている。暗くなると運動公園の利用者が減った。犬の散歩をしていた人々もいない。体育館やテニスコートの付近の路地を移動しながら彼の姿を捜す。いつもだったら携帯電話で彼の番号にかけてみるところだ。しかし今の彼は電話を所持していない。

小春はかわりに真一郎へ電話してみる。彼はすぐに出た。

「もしもし、お義兄さん？　今、どこです？」

「公園の駐車場。これから出るところ。蓮司はどうなった？　もうもどってきた？」

「それが……」

小春が事情を話すと真一郎もいっしょに捜してくれることになった。しかし彼は運動不足らしく、すこしあるきまわっただけで息を切らせていた。さきほども、はしって逃げているはずの彼に、早足で追いついてしまった。運動全般が苦手なのだ。

「すでに時間跳躍現象は発生したとおもう？」

真一郎が聞いた。小春はうなずく。

すでに空は暗い。おそらく少年時代の蓮司は二十年前に帰ってしまったのだろう。その場面に立ち会うことができなかったのはざんねんだけど、今はそれどころではない。

「じゃあすでに大人の蓮司がこの時代にもどってきているわけだ。あいつ、目が覚めて、バスか何かで一人で帰ってしまったんじゃないか？」

「何度も打ち合わせしたんですよ。公園で目をさましたら、私が近くにいるはずだから、いっしょに帰ろうって。まわりに私がいなかったとしても、捜して声をかけてくれるはずですよ」

「まあ、そのうち連絡が来るんじゃないかな」

くたびれた様子で真一郎は近くのベンチに腰かける。デジカメを出して撮影した写真をながめはじめた。彼は弟のことを信頼している。何かトラブルが起こっても蓮司なら何とかするだろうと。

しかし小春は不安だった。彼の身に何かおもいもよらないことが起きているのではないか。十一歳の蓮司がもとの時代に帰ったということは、今、世界はだれにも観測されていない歴史を進みはじめたことになる。何が起きても不思議はない。

それはそれとして……。小春は真一郎の撮影した写真が気になった。

「私にも見せてください」

真一郎からカメラを受け取る。ボタンを押すと、液晶の画面に、遠くから撮影した蓮司と小春の画像が映し出される。ボタンを押すと、レストランに入るところを隠し撮りした場面や、駅前の遊歩道をあるいている場面、スカイツリーを見学している場面が切り替わる。ミラーレスタイプのデジタルカメラで、スマートフォンよりも写りはいいが、彼の言う通り望遠のレンズがあればもっと良かった。キスをしている瞬間も、距離が遠いけれど、うまく撮れている。

何枚か写真をながめているうちに、ふと気がついた。該当の写真の一部を拡大してみて、さらに困惑する。

これはどういうことだろう？　何か嫌な予感がした。

「どうかした？」

真一郎が首をかしげて小春を見ている。

小春は首を横にふった。自分でもわけがわからない。もしかしたらただの偶然なのかもしれない。しかし不安な気持ちは増大していく。
今にも雨が降ってきそうな雲が、西の方から急速に流れてくるのが見えた。

一九九九

だれかの声が聞こえる。体が気だるい。全力疾走したあとみたいに全身がおもかった。何よりも頭に痛みがあり、ずきずきと脈打つようだ。真っ暗な視界のなかで、呼びかける声が明瞭になってくる。暗い海から浮上するみたいに僕は目をさました。

「きみ、なあ、大丈夫か？」

見知らぬ男性が心配そうな表情で僕を見下ろしている。畑仕事をするような恰好だ。土のにおいがする。僕は地面にあおむけの状態だった。

ここはどこだろう。西園小春とベンチに座っていた運動公園ではなさそうだ。雑草の茂る斜面があり、畑があり、ちょうどその境界あたりに僕はいた。空は暗いが完全な暗闇ではなく、周囲の景色がうっすらとわかる。立ち上がろうとしたら、よろけてころびそうになる。

「まだ座ってなさい。怪我してるかもしれない」

男性が僕を地面に座らせた。あぐらをくむような姿勢になると、自分の靴の裏側が視界に入った。おかしい。靴裏にはりついていたはずのガムが見当たらない。

「あ、そうか……、あれは……」

ガムを踏んでしまったのは運動公園でのことだ。

混乱していた。あれはすべて夢だったのか？　大人になった僕の体も、小春のくちびるの感触も、二十年後の東京の街並みも、何もかも夢の世界の話だったのか？　それにしては妙にリアルだったけど……。

僕の体は子どもの状態にもどっている。腕や脚は見慣れた長さだ。シャツの首回りをひっぱって右肩を確認してみたが、事故で受けた傷跡は見当たらない。それにしても全身が泥まみれだ。

「あの、ここは……。何があったんですか……？」

夢の中で聞いた話がほんとうなら見当はつくけど。

「おぼえてないのか？」

男性が深刻そうな顔をする。

「いきなり斜面を転がり落ちてきたんで、びっくりしたよ。病院に連れて行ってあげよう。頭をうったみたいだから、お医者さんに診てもらったほうがいい」

「今、西暦何年ですか……？」

僕の質問に男性は首をかしげながらも答えてくれる。一九九九年。僕はもとの時代に帰ってきたらしい。

畑のそばに軽トラックがあり、それで病院まで連れて行ってもらえることになった。ヘッドライトを点灯させて軽トラックが発進する。湾曲した坂道をくだって開けた場所に出ると、何台ものパトカーとすれ違った。

病院の駐車場に軽トラックをとめて、男性は僕を連れて建物内に入る。受付の看護婦に事情を説明し、そこでおわかれすることになった。男性が立ち去り、今度は看護婦に連れられて診察室へ移動する。念のため寝台で横になるように言われた。

「先生を呼んでくるから、ここですこし待っててね」

看護婦が部屋を出て行った後、僕は天井を見上げながら、小春が話していたことをおもいだす。確か、そうだ。できるだけ迅速にこの町から離れたほうがいい、と言われていた。殺人事件を起こした犯人がこの周辺にいる。犯人は僕の顔を見ている。危険だからすぐに宮城県の実家へむかってほしい。そんな話をされたのだ。はたしてほんとうだろうか。

未来の蓮司が帰りの新幹線のチケットを隠しておいた、とも彼女は言った。病院の中庭にライオンの像があるから、その口の中を確認しろと。タブレットと呼ばれる魔法の板みたいな製品で、病院の写真をいくつか見せられた。診察室から中庭までの道順もおぼえている。

ためしに行ってみよう。ライオン像の口にそれが用意されていたなら、あれは夢ではなかったのだと確信がもてるから。

立ちあがり、廊下に顔を出す。看護婦に見つかったら連れ戻されるかもしれない。タブレットに表示されていた図面をおもいだして角をまがり、扉を抜けると建物の外に出た。

剪定(せんてい)された植え込みを縫うように小道がのびている。夜の外気が心地よい。ここがおそらく中庭だろう。

ライオン像が奥まった場所にあり照明に照らされていた。台座の上に腹ばいになり、首だけを持ち上げているような恰好の像だ。バイクほどの大きさがあり、背伸びをしてようやく口のあたりに手が届く。開いた口の上下に牙が並んでおり、その隙間に手を差しこんだ。

指先に何かがふれる。引っ張りだして見ると、見覚えのあるノートだった。どうしてこんなものが？　と不思議におもう。僕のものでまちがいない。部屋の勉強机に放置していたものだ。ノートをぱらぱらとめくってみると、文字や折れ線グラフのようなものが大量に書きこんである。数枚の紙幣と新幹線のチケット、電車の切符がはさんである。

夢じゃなかった。僕は確かに二十年後の体に入りこんでいたらしい。今日一日、この僕と入れ替わるように、大人の僕の意識がこの体で活動していたのだ。シャツが一部、破れていた。斜面を落ちたときに破れたのだろうか。

ともかく鎌倉を出よう。逃亡中の犯人に見つかったら確かに危険だ。こちらはむこうの顔をしらないが、むこうはこちらの顔をしっている。僕が無事に鎌倉を立ち去ることができるのは観測済みの出来事らしいから、それほど危機感を抱かなくてもいいのかもしれないが。

正面の通りに出ると、運がいいことにタクシーが一台、駐まっていた。近づくと、まるで僕を待っていたかのように後部座席のドアが開く。タクシーに一人で乗ることなんてはじめてだから勝手がよくわからない。行き先を告げればいいのだろうか？ 困惑していると運転手が僕をふりかえって聞いた。

「確か、駅までだったかな？」

「……はい、お願いします」

運転手の言い方が気になった。何となく僕のことをしっているかのような口ぶりだ。それともだれかと見間違いをしているのだろうか。

タクシーが発進して病院が後方に遠ざかる。僕は座席にもたれかかって息を吐き出した。ひどく疲れている。それに体中が痛い。打撲のような跡もあり、いったい何があったんだよと、大人の僕を問い詰めたい気分だった。

×　×　×

日が暮れても、もどってこない蓮司を心配し、母は交番へ相談しに行った。クラスメイトの家に電話をかけて、息子がたずねていないかを確認する。少年野球のチームメイトのひとりが、駅付近の公衆電話のあたりで蓮司を見かけて声をかけたらしいが、他に目撃情報は得られなかった。

下野真一郎は居間で携帯ゲーム機をプレイしながら弟の帰りを待った。母は居間と台所を行ったり来たりして落ちつかない様子だった。

「帰宅は深夜になるかもしれないと言ってたぞ、あいつ。心配しないでほしいとも」

父は台所で珈琲(コーヒー)を飲みながら、びんぼうゆすりが止まらない。

午前中、頭にボールを受けて家にもどってきた蓮司は、すぐにまた自転車で出かけてしまった。その際に父と言葉を交わしていたようだが、行き先までは聞いていなかった。

蓮司はいったいどこへ行ってしまったのか。家出だろうか。それとも頭を強く打ったせいで、夢遊病のような状態になっており、町をさまよっているのだろうか。

二十三時半頃、家の電話が鳴った。母が飛びつくように受話器をとって、ほっとしたような表情を見せた。蓮司だ、と真一郎は思った。

「あんた、どこにいるの⁉」

母が詰問し、弟は家の最寄り駅にいることがわかった。車で五分ほどの距離だった。

父母がむかえに行き、真一郎がひとりで深夜番組をながめていたら、車の音がして三人が帰ってきた。こんな時間まで外を出あるいていた弟を、両親はさぞかし車内でしかったことだろうと想像していたが、両親は意外とやさしく蓮司に接していた。もどってきたことへの安堵感がおおきかったのだろう。また、帰宅した蓮司はどこかぼんやりしており、声をかけても生返事しかしない。全身がぼろぼろで、シャツには穴まで空いている。何かおかしなことに巻きこまれたんじゃないか、と心配になった。

「お帰り、蓮司。どこ行ってたんだ？」

声をかけてみると、蓮司はあくびをしながら頭をかいた。

「うーん、言っても信じないとおもう」

弟はお風呂に入り、さっぱりした様子で部屋に上がった。両親と三人で部屋をのぞきに行くと、蓮司は布団の上にたおれて掛け布団もかけずに眠っていた。

翌日は月曜だったが、両親は蓮司を休ませた。病院へ連れて行き、改めて頭の検査をしてもらったが、特に異常はなかったという。真一郎が中学校から帰宅したとき、弟はめずらしく勉強机にむかってノートをひろげていた。かとおもうと急に居間へおりてきて、テレビをニュース番組に切り替え、鎌倉市で発生した強盗事件の報道に見入っていた。

折を見て両親は弟に、昨日どこで何をしていたのかを質問した。しかし曖昧な返事ばかりで要領を得ない。

「あんまりおぼえてないんだよ。気づくと駅前に立っていたんだ。でも、今はもう大丈夫。すっかりなおったよ」

両親は問いただすのをやめた。息子がどこで何をしていたのかは気になるが、今こうして無事にもどってきてくれたことが一番だ。両親はそのようにかんがえたらしい。

弟は火曜日から普通に小学校へ通いはじめたが、母はいくつかの雑事に追われていた。駅に自転車が放置されていると連絡が入ったので回収しに行ったり、交番をたずねて長財布が届けられていないかを聞いたりした。蓮司は自転車で出かけたことも、母の長財布を持ち去ったこともおぼえてはいなかった。

異常気象でたんぽぽの綿毛が飛びかう現象も次第におさまってきて、ついには完全に見かけなくなった。そんなある日のことだ。真一郎は弟の部屋をたずねた。弟はいなかったが、勉強机の上には、新聞記事の切り抜きが置かれている。なんだこれとおもいながらながめてみると、先日、神奈川県鎌倉市で発生した強盗殺人事件の記事だった。映画製作会社の社長夫妻が亡くなっており犯人は逃亡中。幼い少女が生きのこっていた。野球にしか興味のない弟が新聞の切り抜き？ 真一郎はショックを受け、弟の頭はまだ正常ではないのかもしれないと疑った。

「何だよ兄貴、いたのか」

弟が部屋の入り口に立っている。

「お、おい、蓮司、これは何なんだよ。おまえ、どうしちまったんだよ」

真一郎は新聞の切り抜きをつかんで聞いた。好きな野球選手の記事ならわかる。しかし弟がこんな事件の記事をあつめるなんて想定外の行為だ。

蓮司は丸刈りの頭をかいていたが、やがて何かを決意するような顔になった。

「兄貴、ちょっと相談したいことがあるんだ」

「何だよ、あらたまって」

「この前、夜遅くに帰ってきた日のこと、おぼえてる？　実はあの日に、おかしな体験をしたんだ。奇妙な出来事だったから、今までだまっていた。正直に話していたら、頭がどうかしたとおもわれそうだったから」

「何があったんだよ。ちょうど今、おまえの頭がどうかしてるんじゃないかって、うたがっていたところだ」

「たぶん信じないとおもうけど……」

弟は慎重に話しはじめたが、あまりに突拍子もない内容だったのでおどろいた。弟は野球の練習試合中に打球を頭に受けて意識を失い、次に目が覚めたとき、体は大人の状態で、二十年後の未来にいたというのだ。その時代で一日を過ごした後、また元の体にもどってくることはできたが、目ざめたとき神奈川県鎌倉市にいたそうだ。

「冗談はいい加減にしろ」

「でも、二十年後の未来で聞いたとおりの事件が起きてるんだ……」

蓮司は新聞記事の切り抜きを見る。弟の話によれば、十一歳の蓮司と入れ替わりで、大人の意識の蓮司がこの時代に来ていたらしい。弟の話がほんとうだとするなら、あの日、家で言葉を交わしたのは、大人の蓮司だったことになる。彼は西園小春という八歳の少女を強盗犯から守るために鎌倉へむかったらしい。弟は嘘をついているようには見えない。真剣な口調で話していた。

「二十年後の未来で、何を見た？」

「傷跡だよ。大人の僕は、交通事故で肩を大怪我していたんだ……」

「証拠はあるのか？　未来から何か持ち帰ってないのか？」

「未来に行ってきたのは頭の中だけなんだ。だから何も持って帰って来てないよ。でも、そうだな。これは証拠になるかもしれない」

蓮司は机の引き出しから一冊のノートを取り出す。まだ比較的、あたらしいノートだ。蓮司の話によれば、鎌倉市の病院の中庭に、帰りの新幹線の切符などといっしょにかくされていたものだという。

「大人の僕がいろんなことを書いてくれてるんだけど……、全然、意味がわからないんだ」

真一郎はノートを受け取って、ぱらぱらとめくってみる。どのページにも鉛筆で走り書きされたような文字や数字がならんでいた。折れ線グラフのようなものまで記入されている。蓮司の筆跡かどうかよくわからない。子どものころは字が下手でも、大人になって筆跡が整うこともあるだろう。

六種類の数字が並んでいるページを見つけた。但し書きの説明によれば、それはロト6の当選番号だという。ロト6？　何だそれ？　真一郎はその名称に聞き覚えがなかった。

「ともかくこの話は、だれにもするなよ。みんなを心配させちまうからな」

真一郎はノートを閉じると弟に言い聞かせた。

× × ×

僕は新幹線の中でこの手紙を書いている。きみがこの文章を読んでいるということは、すでに二〇一九年に行ってきた後なのだろう。きみが見た未来は、僕が見た未来と同じものだろうか。きみと僕が連続した同じ存在なのだとすれば、きみの戸惑いと、ある種の腹立たしさは理解できるつもりだ。

しかし時間がない。理不尽な運命について嘆くのはやめておこう。今からこのノートにいくつかの情報を書く。今のきみには理解できないかもしれないが……。

手紙はさらに続いている。ノートに記載された僕あての文章だ。

自分が実際に二十年後に行っていたのかわからない。あれは現実ではなかったとおもう日もあれば、やはり本当だったのだとおもえる日もある。

テレビをつけていたら、ETCと呼ばれる技術が紹介されていた。高速道路などで使用される電子料金収受システムのことらしい。来年あたりから一部の地域で試験的に導入されるとのことだが、僕はそのシステムを小春の運転する車で実際に体験していた。

七月になってもノストラダムスの予言のように世界は滅亡しなかったが、八月に入りしばらくすると、すくなくとも僕の世界は壊れてしまった。

十一歳の夏休みを病院で過ごすことになった。ベッドの上からしばらくうごけなかったので、プロ野球に関するニュースをテレビでぼんやりとながめて過ごした。

「どうして、こうなったんだろうな」

病室にやってきた兄が窓を開けながら言った。蟬の声が外から聞こえてくる。夏の熱気が部屋に入ってきた。

「……肩のこと、残念だよ、蓮司」

いつか交通事故に遭って野球をあきらめなくてはならなくなることを二十年後の未来で聞かされていた。それを回避するために、小春が交通事故の起きる日をおしえてくれたはずだ。二〇〇〇年八月十日。それが事故の発生日のはずだった。何度も彼女に確認したからまちがいない。でも、それよりも前に事故は起きてしまったのだ。

一九九九年八月十日。近所の友人の家に遊びに行こうとしていたときのことだ。車の音がちかづいてきたとおもったら、乗っていた自転車がふっとんで僕は地面にころがった。かろうじて意識はあったけれど体はうごかなかった。救急車で運ばれている間、頭の中には疑問がうずまいていた。

どうして？　事故は一年後のはずじゃないのか？　小春は嘘をおしえたのか？それとも西暦をまちがえた？　僕を轢いた車は逃げてしまい、今も見つかってはいないらしいが、どうでもよかった。憤りは神様の方にむいていた。僕の肩を殺したのは神様なんじゃないかとおもえたからだ。運命を変えようとした人間がいることを察知した神様が、事故の日程を一年、繰り上げたのではないか。すでに書き上げられたシナリオの変更をゆるしてくれなかったのだ。

手術を受けた後、しばらくして医師から話があった。肩の状況と野球を続けられるかどうかについての説明がおこなわれる。覚悟していたはずなのに両親の前で泣いた。ちいさなころからずっと野球へのあこがれがあった。おもちゃのバットとボールをあたえられて一日中あそんでいた。テレビでプロ野球の試合を見るとき、そこに自分も参加している様をよく想像した。寝ている時間も白球を握りしめていたし、ほとんどの時間、プロ野球選手になるための特訓をしていた。練習試合のときの、マウンドのにおいと緊張感が好きだった。風に含まれた、かすかな砂煙のにおい。将来、もしかしたら自分もプロ野球の選手になれるかもしれないという期待を抱いていた。夢を見るだけなら、ゆるされていたはずだ。

包帯を取り替えるときに傷跡を観察する。裂けた皮膚と筋肉が継(つ)ぎ接(は)ぎされている。未来で見た手術痕とおなじ形状だった。おもいのほか早く、観測した出来事へと、歴史は収束した。

自分から野球をとったら何がのこる？

真っ暗な気持ちで、一日中、泣きながら過ごした。

退院後、リハビリの運動をはじめたが、すこしも良くはならない。日常生活を送るのもむずかしい状態だった。暗い気持ちになりながら、自宅の縁側で右腕をうごかしていると、声をかけられる。

「よう、相棒」

「やあ、相棒。調子はどうだい」

少年野球チームの山田アキラだった。彼は泥のついたユニフォーム姿で、丸坊主の頭には汗の粒が光っていた。練習の後に立ち寄ってくれたらしい。僕たちは投手と捕手の関係だった。来る日も来る日も僕は投げ、彼は受け止めた。スパン、と小気味のいい音を発しながら、彼のかまえていたキャッチャーミットに白球がおさまる。その様子をおもいだして涙ぐみそうになった。

「ようやく右腕があがるようになったよ。筋肉が石みたいに硬くて、いやになる。無理にうごかそうとすると、肩に亀裂が入りそうな痛みがあるんだ」

ゆっくりと右腕を持ち上げながら説明する。

「じゃあ野球の練習にはまだしばらく来られないか」

「しばらくどころか、もうできないかもしれない。その話、監督からされてないの？」

「聞いたよ。でも、信じてないから」

「いや、信じろよ」

「野球をしない蓮司なんて想像できない。リハビリをがんばれば大丈夫。またできるようになるって、野球」

「そうかな」

右腕をゆっくりとうごかす。針で刺したような痛みがあって顔をしかめてしまう。

山田アキラは心配そうにその様子をながめている。

「前に蓮司が俺に言ってくれたこと、よくおもいだすよ」

「何のこと？」

「中学生になったら野球をやめるかもしれないって話をしただろ？」

「え、しらないけど？」

「おぼえてないのかよ」

記憶をたどってみるが、やはりそんな相談は受けていない。

「まあとにかく、そのとき蓮司は俺に言ったんだ。野球は絶対にやめるなよって。それで野球をつづけることに決めたんだ」

「それ、いつの話だ？」

「四月の末くらいかな。駅の近所の公衆電話あたりで立ち話をしただろ？　確か、そうだ、蓮司がマウンドで打球を頭にうけて倒れた日のことだよ」

それって、僕が意識だけ未来に行ってしまった日じゃないか。それなら彼が会話した僕の体には、大人の下野蓮司の意識が入っていたはずだ。おぼえていないのも無理はないが、話をあわせておこう。

「……あったな、そんなこと」

「なあ、蓮司、大人になっても野球をやろうな」

「肩が元通りになったらな」

「元通りにならなくてもいいよ。へろへろのボールしか投げられなくても。どんな状態になっても、野球はできるんだ」

あ、そうか、とおもう。僕はすっかり絶望していたけど、野球が完全にできないわけじゃない。以前のようなプレイはできないかもしれないが、プロになれるかなれないかは別の問題で、速い球を投げられなくても野球には参加できるのではないか。ふさぎこんでいた気持ちが、すこしだけ軽くなる。僕は山田アキラに感謝した。

「ありがとう、相棒」

「また様子を見に来るよ、相棒」

帰っていく友人を見送って、僕は右腕の運動をつづけた。

その頃から僕は野球をすること以外の人生についてかんがえるようになった。真っ先におもいうかぶのは彼女のことだ。

鎌倉の事件に関する報道を常にチェックしていたし、新聞や雑誌の記事は見かけるたびに切り抜いて保管した。犯人の手から逃げのびた八歳の少女に関する続報はない。今ごろ彼女はどこで暮らしているのだろう。施設だろうか。それとも叔父さんの家だろうか。

西園小春についてかんがえると胸のあたりがうずくような気配があった。公園で野球少年にボールを投げ返している姿が印象にのこっている。彼女の運転する車に乗っていたときや、部屋で時間跳躍に関する難解な説明を受けていたときは何ともなかったのに、キスをされて意識するようになったらしい。僕は彼女のことが好きなんだろうか。それとも、将来的に結婚することがわかっているから、つい彼女のことをかんがえてしまうのだろうか。

人生の大きな目標を失い、僕は時折、気持ちがふさぎ込んでしまう。そういうとき、彼女の歌っていた鼻歌をおもいだす。

「運命に負けるな」と彼女は言った。その言葉に叱咤されて僕は立ち上がる。その度に彼女への感謝が積み重なる。

いつしか、彼女の少女時代を救い、犯人捜しの手伝いをすることが、僕の新しい大きな目標となった。

二〇〇〇

下野真一郎は受験に合格して進学校へ通いはじめた。ロト6という言葉を彼が耳にしたのは、十月に入ってからのことだ。テレビのニュースで新しいタイプの宝くじが発売されたと話題になっていたのである。1～43までの数字の中から六個を選び、数百円を支払って発券してもらうというシステムらしい。抽選日になると六種類の数字がランダムに選ばれ、当選番号として発表される。自分の選んだ数字が当選番号と三個以上一致していたら賞金がもらえるという。

ロト6という言葉におぼえがあった。昨年、弟の蓮司がふらりといなくなり、深夜に帰ってきたことがあった。そのとき持ち帰ったノートにその言葉と数字の列が書いてあったはずだ。蓮司の部屋に行き、例のノートを見せてもらった。

「これを書いたのは、二十年後からやってきた、大人のおまえなんだよな？」

「うん、そのはずだ。正確には今から十九年後だけど」

蓮司は右肩のストレッチ運動をしている。一年以上、リハビリをつづけた結果、日常生活をおくる上では支障がないほどに回復している。

真一郎はロト6について記載されているページを開いた。前に読んだときは、ロト6という言葉をしらなかったのだが、それも無理はない。昨年の段階ではロト6なんてものは、はじまっていなかったのだから。

ノートにならんでいる数列は当選番号らしい。その横に第何回目の抽選なのかという情報も記載されている。翌週に抽選のある回も記されていた。今すぐ宝くじ売り場でその番号の組みあわせを購入すれば抽選日に間に合うはずだ。

「なあ、ためしにこれ、買ってみようぜ」

真一郎は高校への進学とともに飲食店でアルバイトをはじめていたが、店長と性格が合わなくてやめたかった。実際に当たるのかどうか疑問だが、ロト6の当選金がもらえたら、アルバイトをやめる踏ん切りがつく。高額でなくてもいい。数千円分のゲームソフトの購入費用が得られるのならそれでいい。

弟に断ってノートを借りた。確かスーパーの駐車場付近に宝くじ売り場があり、そこでもロト6の取り扱いをはじめたはずだ。真一郎はさっそく買いに行くことにする。ノートを丸めて棒状にすると、それでぽんぽんと肩をたたきながら家を出た。

自転車で近所のスーパーまで行き、宝くじ売り場のおばちゃんに、ロト6の申し込みカードの記入方法を聞く。ノートに書いてある数字を参考にしながら、鉛筆で六種類の数字を塗りつぶした。一枚だけの発券だったから二百円の出費ですんだ。

抽選日は翌週の木曜日だが、当選番号の掲載された新聞はその次の日に届けられる。金曜日の朝、真一郎はあくびをしながら布団から出た。顔をあらって眼鏡をかけると、自宅に届けられた新聞で当選番号を確認した。さほど期待はしていなかった。未来の情報も、間違うことはあるのだ。弟の交通事故だって一年も誤差があったわけだし。

新聞紙の広いページの中から数字を見つける。ロト6の当選番号が掲載された四角型の欄があった。

「真一郎、新聞いいか。トイレで読みたいんだが」

父の声が背後から聞こえる。真一郎はそれを無視する。発券したくじを手元に持っていた。自分の選んだ数字が六種類、そこに印刷してある。その数字と新聞の当選番号の数字を見くらべる。何度も見くらべる。

「蓮司！　そろそろ起きなさい！」

階段の方から母の声が聞こえる。二階の蓮司にむかって呼びかけている。

「なあ、真一郎……」

父の声がする。

新聞には、当選番号の横に、当選金額も印刷してある。指先でひとつずつその桁を数えた。いや、何かのまちがいかもしれない。もう一度、六種類の数字を確認した。それからまた金額の桁を数える。

「お、おーい、蓮司……」

真一郎は弟の名前を呼ぶ。うまく声が出なかった。

肩をうごかしながら弟が階段をおりてくる。

「おはよう、兄貴。……どうした?」

真一郎は客観的に自分がどんな状態なのかわからなかった。いつのまにか両親もだまりこんで心配そうにこちらを見ている。発券したロト6のくじは、ほんのちいさな紙切れだ。それを蓮司に見せる。

「当たったぞ、これ……!」

「ふうん。何百円もらえるの?」

「……おまえ、あのノート、まだ持ってるか? 捨ててないよな?」

「うん。机の引き出しにあるけど?」

階段を駆け上がって弟の部屋に入る。ノートを出してめくった。前に読み飛ばした折れ線グラフのページに目を通す。但し書きによればそれは日経平均株価の推移だという。過去のデータではない。一九九九年から二十年間の株価の推移が記されている。他のページには、今後、上昇する主要な銘柄とその株価の推移の簡略化されたグラフがいくつもあった。見慣れない言葉やその説明もある。リーマンショック？　仮想通貨？　わからないが、重要なキーワードにちがいない。

「どうしたんだよ、兄貴」

蓮司が二階にあがってきた。真一郎はノートをうやうやしく机に置く。

「このノートは大事にあつかおう。厳重に管理するんだ」

弟はおそらく本当に未来の世界を垣間見たのだろう。信じていなかったわけじゃない。どちらかというと、そうかもしれないし、すべて妄想かもしれないという、曖昧な状態で保留にしていた。しかし今、真一郎は完全に蓮司の話を信じることになった。

四章

二〇一一

政府の記者会見を西園小春はマンションの一室でぼんやりながめている。福島第一原子力発電所が爆発したという。スマートフォンを手に取り、ツイッターで情報収集をおこなう。放射性物質に関する意見がネット上ではげしく飛びかっていた。

二〇一一年三月十一日、三陸海岸沖の太平洋の地下を震源として地震が発生。津波が東北地方に押し寄せ、家や人々をのみこみ、原子力発電所にダメージを負わせた。関東地方の電力供給も不安定になり、小春が普段からよく行くコンビニエンスストアも節電のために照明が暗かった。人々が乾電池や食料を買いこんでしまったため、店の棚は隙間が目立っていた。大学は春休みに入っていたので行く必要はない。原発関連の影響で東京電力の株価が急降下するのを観察して過ごした。それにも飽きると、Dandelion と名乗っていた謎の人物に関するみんなの意見をネット上でひろいあつめた。

Dandelion はツイッターのアカウント名だ。性別は不明、年齢もわからない。

二〇一一年三月十一日に東北地方で大きな地震が発生します。
沿岸部のみなさんは津波に気をつけてください。

Dandelionがその文章を投稿したのは地震が発生する一年も前のことだった。以来、定期的に地震や津波に対する備えを訴えかけていた。ツイートのいくつかは拡散され、まとめられて記事にもなった。しかしこの手の未来予知ネタの投稿はそれほど珍しいことではない。某匿名掲示板には、自分は未来人だと主張する人物が様々な予言を書きのこして話題になっている。それにくらべたらDandelionの投稿は控えめな方だ。地震が起きたときにとるべき行動と、東北地方沿岸部の住民への避難をうながすツイートばかりを淡々と投稿していた。

三月十一日が近づくにつれてDandelionのツイート数は増えた。防災意識を喚起する内容の文章を連日、投稿した。Dandelionの地震予知はネット上の噂話のひとつとしてメディアにもとりあげられた。しかしその時点では社会に不安を植えつける迷惑なアカウントという認識が大半だっただろう。地震に関するツイートはフォロワー数をかせぐためのパフォーマンスだとみなされていた。予知を信じる者も少数いたが、大多数は冷ややかな反応でしかなかった。その日、ほんとうに地震が起きるまでは。

Dandelionは何者なのか？　地震発生の後、アカウントは沈黙していた。賛辞、感謝、疑問など、あらゆる社会の反応を無視している。その正体をめぐる考察がネット界隈で行われていた。しかしDandelionは、あらゆる疑問に回答しないままアカウントを閉鎖してしまった。ネット上にいくつも存在する、不可解な事件のひとつとしてその名はのこることになった。

春休みが終わり、小春は大学二年生になった。一人暮らしをはじめて五年目だ。それ以前は全寮制の学校に通っており寄宿舎で暮らしていた。叔父が三ヶ月に一度、お土産を持って訪ねてきてくれるのが唯一のたのしみだった。お土産にもらったガラス製の馬の置物は、今も部屋に飾っている。

花見の季節になっても世間の自粛ムードはつづいていた。桜の見えるカフェテリアでアルバイトをしていたのだが、例年よりも客がすくないと店長がぼやいていた。大学のクラスメイトにカラオケに誘われたが、すこし迷って、断った。もう二度と誘われないかもしれないが、別にかまわない。

小春は人付き合いを避ける傾向にあった。社会で暮らしていく上で必要な最低限のコミュニケーションはできる。接客のために笑みをうかべたり、クラスメイトに話しかけられたとき、そつのない返答をしたりもできる。しかし、だれかと深く自分のことを語り合うことはしなかった。だれかと親密になりかけると、こわくなって逃げ出してしまう。

これでも寄宿舎で暮らしていたときよりはましだ。当時は両親が殺されたショックで失語症になっていたし、度々、フラッシュバックを起こして泣いていた。だれかとまともな関係性を築くことは無理だった。

駅から大学校舎までの遊歩道がいつもつらい。途中、噴水のそばのベンチで座って休憩をとる。見知った顔が通ると、笑顔で会釈をするが、どこか気疲れしている自分にも気づいている。クラスメイトたちと同調できないのは、心の奥のずっと深いところで、事件のことがくすぶっているからだ。

十年以上が経過しているのに、まだ自分は恐怖し、悲嘆し、犯人に対する憎しみも抱き続けている。生きのこったことへのよろこびはない。今も自分の心の一端は書斎のクローゼットにかくれているままだ。両親が殺された鎌倉の家に自分は今もいる。完全には出てくることができていない。

好意をよせてくれる男子もいたが、胸がおどることはなかった。異性に対し恋愛感情を持つことができない。男子と話をしていても、どこかで上の空になって別のことをかんがえてしまう。そんなときにおもいうかべているのは、あのときの少年だ。

噴水の水が陽光を反射させてまぶしかった。空気中に拡散した微細な水の粒子が、うすい虹を作っている。

「あの、すみません、西園小春さんですよね？」

ベンチで休んでいる小春に、男が話しかけてくる。自分とおなじくらいか、すこし上くらいの年齢だろう。おなじ大学の人だろうか。自分を見る彼のまなざしが気になった。なつかしい人と再会したかのように彼は目をほそめている。

「いいえ、ちがいますけど」

小春は、しらないふりをすることにした。

「嘘でしょ、それ」

彼はベンチの端っこの方にすわる。逃げたかったが、あからさまに避けようとする態度は、相手を不快にさせる可能性がある。多少は会話のやりとりをした方がいいだろう。小春は彼に質問する。

「どこかでお会いしましたっけ？」

記憶をたどってみたが見覚えはない。服装はジーンズにシャツ。アクセサリーは身につけていない。彼は返答に困るような表情を見せる。

「会いました。一日だけ行動をともにしたんです」

あらためて男の顔を見る。痩せ形で、何らかのスポーツをしているような雰囲気がある。だけどおもいだせない。

「それって、いつのことです？」

「今から八年後です」

「八年後？」

「だから、その日のことをおもいだせなくても仕方ないです」

からかわれているのだ。小春はそう判断して、立ち上がる。

「じゃあ、その日をたのしみにお待ちします」

「待って。すこし説明させて。今日、僕がここに来たのは、あなたにそう言われたからなんです」

「私に？」

彼はベンチで頭をかいている。難解な問題をどのように説明すべきか悩んでいるようでもあった。ふと彼の顔になつかしさのようなものを感じた。やっぱり自分たちはどこかで会ったことがあるのかもしれない。

「私、あなたに、ここに来るように言ったんですか？」

「そうです。西園さんはそのとき、二十八歳でした。この場所に自分がいるから話しかけるようにって頼まれたんです」

そんな話を信じるとおもいます？

おもわず口にしようとする。しかしその前に彼が言った。

「観測済みだって、あなたが言ったんです」

「え？」

「この場所で再会することは、観測済みだって」

観測済み。その言葉を遠い昔に聞いたことがあった。

あの日、自分を助けてくれた少年がそう口にしたのだ。

小春はベンチに座りなおす。

「……名前は？」

下野蓮司。男はそう名乗った。どのような漢字なのかまで説明してくれる。

「めずらしい苗字ですね」

「よく言われます」

「私は西園小春です」

「しってます。ちなみに僕たちはそれぞれ会うのが二度目なんです。僕があなたにはじめてお会いしたのは、今から八年後のことだけど、あなたの主観においては、十二年ぶりのことです。ややこしいけど、僕たちはそれぞれ、初対面の時期と年齢がちがうんです」

十二年ぶりということは、両親が殺された年に自分は彼に会っていたということだ。

それを聞いて、予感がした。

「あの、それじゃあ、もしかして……」

聞くのがすこしこわかった。自分のかんがえすぎかもしれない。

目の前の人物は、自分がずっと捜していた少年なのかもしれないというのに。

あの少年は死んだのかもしれないと心配していた。あの後、犯人に見つかって連れて行かれてしまったんじゃないかと。彼は家の方向へと立ち去ったから。

「あの日、僕も鎌倉にいた」

小春の聞こうとしていたことを察したのか、彼が言った。

×　×　×

ベンチにすわっていた西園小春は、僕の記憶の中にいた彼女よりも若かった。心配になるほど痩せていて、自信がなさそうに視線をさまよわせている。自分はここにいてもいいのかと常に感じているかのような雰囲気があった。

僕が未来に行ったときの彼女は、もっとしっかりしていたイメージがある。あのときは僕の内面が十一歳の子どもで、事情もわからない状態だったから、余計に彼女が成熟した大人に見えていたのかもしれない。再会した二十歳の西園小春は、はっきりと自分よりも年下だと感じられた。あいかわらず、実家の玄関先に置かれていた、白色の陶磁器の置物みたいな印象の女の子だ。

話しかけた当初は警戒されたが、事件の日に駆けつけた少年がどうやら僕だと気づいてくれた。話をしながら遊歩道をあるく。ゆっくりとしたスピードだから、通行人が僕たちを追い抜いていく。

「あなたは何者なんですか？　どうしてあの日、鎌倉の私の家にいたんですか？」

小春が質問する。長い間ずっとそのことを疑問に感じていたようだ。

「世の中には、僕たちには想像もつかない、おかしなことがおきるものなんだ。たとえば最近、Dandelion というツイッターのアカウントが地震の発生日を言い当てていたよね」

「しってます。予言者の人ですね」

「人知を越える出来事は実際に起こるし、時間を越えて未来が予知されることだってある。それを前提として聞いて欲しいことなんだけど……」

自分の身に起きた出来事を説明しながらあるいた。十一歳のとき、野球の練習試合の最中に打球を受けて意識をなくしたこと。目をさましたとき、二〇一九年の東京にいたこと。そこで西園小春に出会い、一日をいっしょにすごしたこと。

前方に大学の正門が見えてきた。僕はそこの学生ではなかったが、小春といっしょに敷地内へと入る。学生たちの行き交うキャンパスには、鮮やかな緑色の並木道があった。

樹木のそばに屈(かが)んで、小型の機械を地面に近づけている学生がいる。機械は透明なビニールに入れられていた。放射線量を測定するガイガーカウンターだろう。原発が水素爆発を起こして以降、人々は放射線量に敏感になっている。ネットでガイガーカウンターを購入し、様々な場所で測定して、安心したり不安になったりしている。ガイガーカウンターを覆うビニールは、放射性物質が検出器に付着するのを防ぐ意味合いがあるらしい。ビニールに覆われていても放射線は問題なく検知できる。

「じゃあ、あの日に私を守ってくれたのは、時間をこえて少年時代の体に入っていた、大人の下野さんだったってことですか？」

「だから、その日の記憶が今の僕にはないんだ。西園さんの話によれば、僕はうまくやったみたいだけど」

意識が時間を飛びこえて、子ども時代の一日と、大人になってからの一日が交換された。ややこしい話だが、おおまかに彼女は理解してくれたようだ。小春はあるきながら、ほそい手首に巻かれた腕時計を確認する。講義の時間がせまっているようだ。

「そろそろ行ったほうがいいんじゃないですか」

「今日は休みます」

大学のカフェテリアに入ることにした。おおきなガラス窓からキャンパスが見渡せる気持ちのいい空間だ。僕と小春はテーブルをはさんで珈琲を飲んだ。

「おいしい」

僕は香りをたのしんで、カップに口をつける。

「珈琲、お好きなんですか？」

「昔は飲まなかったけど。喫茶店のお手伝いをはじめてから、豆にもくわしくなった。草野球で同じチームのおじさんがやってる店なんだ」

「草野球？」

「週末になると、土手で練習してる。たのしいよ。子どものころ、野球チームに入ってた」

「ああ、それで、丸坊主だったんですか」

少年時代の僕の姿を、彼女はまだおぼえているらしい。視線が合うと、彼女は、はずかしそうに目を伏せた。将来的に僕たちは結婚するかもしれない、という情報はだまっておくことにする。取り扱いに注意すべき問題だ。

すこしだけ雑談をして、本題に入る。

「事件のことを、今でもはっきりとおぼえてる？」

「はい」

「犯人はまだ見つかってないけど、どうおもう？　もう気にしてない？」

「いえ、殺された両親のことをおもうと、今も悔しくて」

カフェテリアは僕たち以外にだれもいなかった。お昼になれば学生たちで賑わうのだろうか。今はがらんとして声もよく響いたので僕たちは小声になる。

「犯人を捕まえたいというのであれば、僕はその手伝いができるとおもう」

西園小春は目を見開く。しかし首を横にふった。

「無理ですよ。警察が捜査しても、だめだったんですから」

「まだチャンスはのこってる。八年後、僕はさっきのベンチに座っているときに後ろから頭をなぐられる。そして例の事件が起きた日に意識を飛ばされるんだ。十一歳の体に入りこんで鎌倉へむかう。きみを犯人から守るためだ。そのとき、犯人特定の手がかりを入手するために行動することができる」

僕はこの計画を未来で彼女から聞かされた。彼女は今、僕の口から計画の概要を聞かされている。じゃあこれはだれの頭の中で発案された計画なのだろう。まあ、些細な問題だ。

「犯人特定のチャンスは、まだのこってる。きみが望むなら、手を貸す」

小春が僕を見る。ゆるぎのない、まなざしだ。ベンチに座っていたときに感じた、自信のなさそうな雰囲気が消えていた。

「よろしく、おねがいします」

「わかった。というより、わかってた」

僕たちは連絡先を交換して、定期的に会うことを約束する。来たるべき日にむけて準備をしなくてはならなかった。

二〇××

兄は大学時代から個人投資家として株の売買をおこない莫大な利益を得ていた。急騰する銘柄をあらかじめ買い付けることができたのも、リーマンショックによる暴落に対処できたのも、ノートにその記述があったおかげだ。僕が小学生のころに母から買ってもらった、どこにでも売っているノートには、投資をする上で有益な情報が記入されていた。

法人化して兄は経営者となり、僕は社員として給料を受け取った。節税のためである。喫茶店でのバイトがない日は、兄の事務所を掃除し、封筒を開封し、ゴミを捨てるなどの雑用を引き受けた。つまり僕の仕事は【個人投資家のお手伝い】でもあり【喫茶店の店員】でもあったわけだ。

しかし、僕が一番にしなくてはならないことは、例のノートに書いてある内容を隅々まで完璧に記憶することだった。将来的に僕が少年時代へ旅だったとき、誤った情報を記入してはならない。そのため株取引関連の勉強もさせられたが、興味のない分野のことなので、なかなか頭に入らなかった。

「俺たちに大金を稼がせて、どうしたいんだろうな、未来のおまえは」

上京してすぐのころ、タワーマンションの一室で都心のビル群をながめながら兄は言った。ネットにつながったパソコンと株価をリアルタイムでチェックするための複数台のディスプレイが仰々しい。兄がそこでマウスボタンをかちっと押すだけで数億円の額がうごくらしいのだが、僕には想像がつかなかった。

「活動資金を提供したつもりかな。それとも、小春を救出することに対する報酬なのかも」

富をもたらしてやるから、八歳の小春を助けに行くんだぞ、と未来の自分にお願いされているのではないか。

「他に可能性があるとするなら、例の地震に対する備えってとこかな」

兄はノートをスキャンしたデータをディスプレイに表示させる。原本は金庫の中で厳重に保管されていた。ノートには二〇一一年三月十一日のことも記述されていたのだ。

当時、兄は稼いだお金の半分ほどをその問題に注ぎ込んでいた。あの日、実家は津波の被害にあって土台から上を流されてしまったが両親は無事だった。地震が発生する数日前から両親は東京のホテルに滞在していたからだ。たまには観光旅行でもしたらいいんじゃないかと僕と兄は提案し、半ば強引に東北地方から連れ出しておいた。

ご近所さんまでは手が回らなかったけれど、何年も前から兄は人を雇って役所に掛け合い、高台にいたる道を舗装して避難場所を整えていたらしい。工事費用を兄が出資することで話はスムーズにまとまったそうだ。

人づてに聞いた話では、地震直後、避難場所にたくさんの人が移動してきて命が助かったという。ノートに書かれていた情報から富が生じ、それによって少なからぬ人たちが救われた。その事実に僕は意義深さを感じる。

西園小春とは週に一回くらいの割合で会うようになった。八歳のときに体験した事件について彼女視点の顚末（てんまつ）を聞こうとしたが、その日のことをおもいだすのはつらい作業らしく、一度ではすべてを聞き出せなかった。

事件に関する警察の資料も調達した。一般公開されていない極秘資料も中にはあったが、兄が人を雇って入手してくれた。小春が大学で勉強している間、一人で国会図書館に行き、過去の新聞や雑誌をしらべる。事件に関する記事を見つけたら、その箇所をコピーして持ち帰った。

映画『たんぽぽ娘』を鑑賞したのは、交通事故にあってリハビリをしていた時期のことだ。レンタルビデオショップで借りてきたVHSのビデオテープを見て、両親が「どうしてそんな古い日本映画を観たいの?」と不思議そうにしていた。

小春の父親が製作に関わり、母親が原作を脚色した作品だ。彼女が大事なおもいでを語るようにその映画の話をしていたから気になったのだ。再生してみると、どこかで聴いたおぼえのある音楽が流れてきた。大人の小春が、時々、歌っていた鼻歌の正体がそれだったと気づく。

内容は時間をテーマにした恋愛もので、当時の僕には大人の心情の機微がわからず、むずかしい内容だった。それでも、たんぽぽが丘一面に咲いているシーンが印象にのこった。後に原作小説も読んでみたが、そういうシーンは存在しなかったので、シナリオを担当した小春の母親の脚色なのだろう。

「お母さんが言ってました。題名を維持するための、苦肉の策だったって」

その映画の話をすると、小春はうれしそうにしていた。『たんぽぽ娘』という題名は、原作小説のヒロインの髪の色が、たんぽぽの色をしていたことに由来する。それを日本人の役者が演じることになり、黒髪のヒロインとなったことで、タイトルの由来が消えてしまったわけだ。しかし配給側は原作小説の題名の知名度を活かして映画を売りたかったので、劇中にたんぽぽの丘を出し、何とか題名に正当性を持たせたという。

「一昨日は兎を見たわ。昨日は鹿、今日はあなた」

彼女は映画の台詞を口にして僕を見る。

二人で様々な場所を巡った。未完成のスカイツリーが見える場所を散歩したこともある。銀色の塔はまだ建設中で、途中から上が存在しない。二〇一二年に開業予定だという。

「実はあの展望台にのぼったことがある」

未来に行った日、大人の小春に案内されて東京の街並みを見下ろした。

「不思議です。まだ工事中なのに、もうそこからの景色を見たなんて」

スカイツリーが高くなるにつれて、僕の見た未来へと確実に近づいていることが実感できた。スマートフォンやタブレット端末も発売され、信号機はLEDタイプへ切り替わっている。

秋になると運動公園を二人であるいた。トイレ付近で僕たちは足をとめる。

「このあたりで僕はガムを踏んで、靴の裏を確認していたら、後頭部に何かがぶつかったんだ。それで気づいたときは、もう少年時代にもどってた」

　未来の一日で体験した出来事をできるだけ詳細に話した。しかし完全に何もかも情報を共有したわけではない。彼女がその時期に妊娠していたこと、ベンチでキスをしたことなどは、だまっていた。婚姻届のためのランチについても、叔父さんが参加して三人で会食をしたとだけ説明する。


　震災から一年以上が経過しても僕と西園小春は友人のままだった。気安く言葉を交わすくらいの親近感は芽生えていたが、それ以上のものではない。どちらかというと僕たちはおたがいのことを戦友のように感じていた。おなじ事件に関わっている関係者であり、チームを共にする仲間のようなものだ。投手と捕手のようにバッテリーを組み、犯人をこれから追い込まなくてはならない。

　友人づきあいをしていると、彼女が大学の友人たちに一定の距離を保っているらしいことがわかった。なぜなのかを聞いてみると、彼女はこう返答した。

「みんなといても、うまく楽しめないんです。ひとりでいるときの方が気楽です」

　ある冬の日、僕の運転で鎌倉市に出かけた。地理を把握し、事件の現場を実際に見ておくべきだと判断したからだ。事件のあった家と土地は西園小春が相続していた。しかし彼女はその邸宅を放置しており、現在は荒れ果てているという。

八歳まで住んでいた町が見えてくると、助手席の彼女はつらそうにしていた。事件の記憶が蘇るらしく、情緒が不安定になる。路肩に車を駐めて様子を見ると、彼女の指先がふるえていた。彼女が泣きはじめたので、おもわず手を握ると、おそろしく冷たかった。結局、その日は事件現場まで行かずに東京へUターンした。

彼女の人生に寄り添い、支えることが目的になっていた。野球選手になるという夢を失い、何をして生きていけばいいのかわからなくなったところに、彼女を守るという目的が生じた。それによって自分もまた生かされているのかもしれない。

しばらくして僕たちはつきあいはじめた。僕の方から告白したが、断られる可能性は低いとおもっていた。恋愛関係になるのは観測済みだったからだ。

翌年、二度目に鎌倉市へ出かけたとき、小春には海沿いのカフェで待っていてもらうことにした。僕だけで事件現場に行き、資料でしか見たことのなかった西園邸をながめた。窓は割れ、雨風が入り放題だ。庭の草木は管理する者もなく自由に繁っている。その日は曇天だったこともあり気分が落ちこんだ。西園小春のお母さんが亡くなっていたという車庫の横に移動し、手を合わせる。小春から鍵をあずかっており、中に入る許可も得ていた。間取りを把握しながら屋内をあるき、今度はお父さんの亡くなった場所に手を合わせた。

犯人が車を駐めていたとおもわれる空き地までの移動経路も把握したかったが、それはまた別の日にする。車で海沿いのカフェにもどり、西園小春と合流すると、いっしょに波打ち際を散歩した。

「蓮司君がうらやましいよ。未来に一日だけ行って、そこにむかって人生を送るのって、すこし安心感があるとおもう。すくなくともその日までは、自分は死なないという保証があるわけだから、飛行機に乗るときも怖くないよね。観測済みのことは、かならずそうなるという前提の話だけど」

彼女は僕のことを蓮司君と呼ぶようになっていた。

「いいことばかりじゃない。人生のレールが、あらかじめ、しかれてるような気がしてくる。結果がわかっている試合ってつまらない」

将来、起きる出来事のいくつかを僕は把握していた。まるで自分には自由意志など存在しないかのように感じられるときがある。時間によって作られた檻の中で暮らしているかのようだ。彼女に告白したときも、断られるかもしれないという不安もなく、神様の書いたシナリオに沿って演じていただけと言えるのではないか。そうかんがえていくと、彼女のことを本当に愛しているのかどうかさえ、わからなくなってくるのだ。

自分の人生において、自分の意思がどの程度まで介在しているのだろう。かんがえすぎると、息苦しくなってくる。自分は何のために生きているんだろうか、などと悩みはじめてしまう。

「でも、おかげで震災のときも、たくさんの人がたすかったでしょう。いいことだよ」

Dandelionというツイッターのアカウントが僕のものであることを彼女に伝えていた。あの予言めいたツイートが震災の死者数にどれほどの影響をあたえたのかはよくわからない。

「確かにね。それに僕の悩みも二〇一九年の十月二十一日を過ぎたらなくなるだろうし」

僕が把握している未来の出来事はその日までだ。それ以降は完全に何もわからない未観測の時空が広がっている。そこからが僕のほんとうの人生なのかもしれない。

「その日を無事に乗り切らないと。そのためには、聞かなくちゃいけないことがある」

事件の日の詳細を彼女に質問した。つらい記憶をおもいださせるのは気が引けたけれど、僕はその現場に居合わせることになるから、リサーチしておかなくてはならない。

「僕と犯人の間で、どんなやりとりがあった?」

「あの日、蓮司君がナイフでお腹を刺されたのをおぼえてる。刃が五センチくらいの長さだったんだけど、犯人はおもいきり蓮司君のお腹にむかって突き刺したわけ」

僕は質問し、彼女が答えてくれる。曇天の海岸で西園小春が寒そうにしていた。ひとしきり話した後、僕はカメラを持っていることに気づく。西園邸の内部を撮るために用意したものだった。

「写真を撮ろう、僕たちの」

背景は海と砂浜。写真は後にマンションの部屋に飾られた。

小春は大学を卒業すると短期間だけ就職した。父親のかつての仕事仲間という方が口添えしてくれたらしい。完全なるコネ入社だったので、彼女は会社で肩身がせまかったようだ。

僕はあいかわらず近所の商店街の草野球チームで活動していた。肩を壊しているため投手はできない。しかし足は速かったので、代走で試合に参加することができた。プロの選手になれなかったのは悔しい。だけど、どんな形であれ野球に関わっていると幸福な気持ちになれた。土煙の匂いのむこうになつかしさがあり、胸を切なくさせる。

プロ野球チームに入団した山田アキラと新宿で会ってお酒を飲んだ。僕たちは細々と交流を続けており、彼が入団テストに合格したときは自分のことのようにうれしかった。

「俺たちが、こんな風に東京で日本酒を飲むようになるなんてな」

山田アキラの腕や脚は僕よりも一回り太かった。筋肉の量がすさまじい。これがプロの選手の肉体なのかと感動する。彼はその後、草野球の試合を見に来てくれて、商店街のおじさんたちにサインをねだられていた。いつのまにか東京という都市の片隅に自分の居場所ができている。東京のアスファルトの地面に、自分の人生が根っこをのばしていた。

二〇一九年に僕は一日だけ少年時代へもどる。日常生活を続けながら、その日に備えて僕と小春は準備をした。事件の資料をデータ化して整理し、その頃に町を走っていた車についても勉強した。犯人が逃走に使った車両を明確に記憶するためだ。また、僕と小春は一緒に住むようになった。つきあいはじめてすでに数年が経過している。まだ結婚の話は出ておらず、叔父さんにも僕のことはだまっているらしい。二十代が過ぎていく。兄は株で常勝状態。スマートフォン向けにゲーム開発をおこなっていた会社の銘柄で稼ぎ、その後は仮想通貨で稼いだ。小春は会社を辞めて、仕事でしりあった雑誌編集者の手伝いをするようになった。彼女は両親の影響で映画に詳しかったので、その方面の記事を担当した。僕は喫茶店の常連客と野球の話をしながら珈琲をつくる。兄の手伝いに行く日数は減ったが文句は言われなかった。そして二〇一九年が訪れる。

二〇一九

意外なことに僕と小春との間で結婚の話が出たことは一度もなかった。家庭を持つことを彼女も意識しているんじゃないかな、という瞬間はそれまでにもあったが言い出せずにいた。一応、婚約指輪は用意している。喫茶店ではたらいて貯金したお金で購入したものだ。十一歳で未来を垣間見た日、彼女のはめていた指輪のデザインをおぼえていた。指輪を購入する際、その記憶を参考に選ぶことができたので迷いはすくなかった。しかしいつ渡そうかと悩んでいるうちに数ヶ月が経過していた。

「こんにちは下野蓮司くん」

ある日、僕は都内の録音スタジオを借りてマイクにむかって原稿を読み上げた。十一歳の僕のために用意したポータブルテープレコーダーにも録音機能はあったが、すこしでもいい状態でその音声を収録したかった。

「きみは戸惑っているかもしれないが、その気持ちはよくわかっているつもりだ。なぜなら僕もずっと以前におなじ状況を体験したから」

音声のデータは昔ながらのカセットテープにダビングしてもらう。その方が十一歳の僕にはなじみ深いはずだ。十一歳の僕はiPodのない世界からやってきたのだから。

「練習試合で頭にボールを受けたせいだとおもうけど、なぜか今、きみは二十年後の自分の頭の中に入ってきてしまったんだ。この現象について僕は様々な推測をたててみた。だけど今はゆっくりと説明することはできない。なぜならきみのいる病室に、そろそろおむかえが来るからだ」

当時の記憶をおもいうかべながら原稿を書いた。あの日、病室で聞いた音声の内容はほとんどおぼえていないが、だいたいこんな感じのことを話していたようにおもう。

搬送先の病院は、僕が殴られる予定のベンチの場所から特定した。そこから搬送される救急患者の行き先は限られている。病室の窓から見えた新宿の光景もうっすらとおぼえていたので見つけるのは容易（たやす）かった。加藤という担当医師についても病院を特定したときにおもいだした。

「十一歳の僕、きみは今から、自分の人生の意味について、かんがえることになるはずだ。だけど負けないでほしい。途中で投げ出さず、あるきつづけるんだ」

収録を終え、音声の入ったカセットテープをスタジオの人から渡される。帰宅して加藤医師にむけた手紙を作成する。ベンチで頭を殴られる夜、それらを体に貼り付けておかなくてはならない。鞄を用意して入れておくのは不安だ。僕をおそった若者たちに鞄を盗られてしまう可能性がある。やはり体に貼っておくのが良い。

二〇一九年九月、ようやく結婚の話題が出た。その日、西園小春は産婦人科で腹部のエコー写真を撮ってもらい、妊娠五週目であることが判明した。生理が一週間ほどおくれて、彼女はまず検査キットを使用したという。妊娠を示すマークが表示されたため病院へ行ったとのことだ。

部屋にもどってきた西園小春から、それらの報告を聞いた。

「お、おめでとう」

思わずそんな反応をしてしまう。小春はそれまで困惑した様子だったのに、僕の様子を見て何かを感じとったらしい。眉間に皺(しわ)をよせていた。

「もしかして、あんまりおどろいてない?」

「おどろいてるよ。僕たちに、子どもができるなんて」

「あやしい……。何か、かくしてることない?」

小春がつめよってきたので、僕は目をそらす。

「この時期に私が妊娠するって、もしかして、しってた？」

彼女はほとんど確信した様子で口にする。

「……しってた」

「ああ、もう、悩んで損した！」

十一歳で未来を垣間見た日からずっと、将来的に自分は父親になるのだと想定して生きてきた。僕はいつか、だれかの父親になる。彼女の産んだ赤ん坊を育てていくのだと。しかし彼女は相当、不安だったらしい。

「だって、そうでしょう？　私たち結婚してないんだから」

「実は、そのことなんだけど……」

もうひとつ、隠していたことがある。

「結婚するよ、僕たち」

ひどいタイミングだということは理解している。怒られる未来しか想像できない。それでも今ここで言わなければ傷口が広がってしまう予感がした。

「あの、今までだまっていてごめん。僕たちは結婚するんだ。今まで言ってなかったけど、観測済みなんだ」

小春は目をおおきくひろげて、それからうつむく。

意外にも怒られることはなかった。彼女は涙声で結婚を了承してくれた。

十月に入ってしばらくすると、白色のちいさな点が風にふかれて流れてくるようになった。たんぽぽの綿毛である。二十年前とおなじ異常現象が発生していることについてワイドショーが取り上げた。東京の上空に無数の白い点が浮かんでいた。駅のホームで電車を待っている人も、交差点で信号待ちをしている人も、全員が空を見上げて幻想的な光景に見入る。子どもたちは手を高くあげて、綿毛をすこしでもたくさんつかもうとがんばっていた。

僕は婚姻届を書いた。両親や兄と食事をする場を設けて、証人の欄の片方に記入してもらう。父は字が下手だからと、母がサインして印鑑を押した。もう片方は小春の意向で空欄のままだ。彼女の後見人の叔父に記入してもらうためだった。ちなみに彼女は海外に住む叔父に電話で報告をすませていた。

「いつになったらプロポーズするのかとおもっていたんだ」

兄はそう言って祝福してくれた。

家族との食事の後、マンションの部屋へともどり、西園小春はソファーに座った。彼女の指には婚約指輪がはまっている。それを眺めながら彼女は言った。

「蓮司君、おかしなことを聞くけど。交通事故にあって肩を壊したのは、何歳のときの何月何日だった？」

「どうして急に？」

「何となく、気になって……」

指輪にはダイヤモンドがはまっている。そのきらめきを見ながら、彼女の目がすこし赤くなっている。泣くのをこらえているような表情だ。

小春の質問の意図を察する。彼女は僕が交通事故に遭った日付を聞いて、十一歳の僕にしらせる気なのだろう。交通事故を回避して、僕が野球選手になる夢を捨てなくてもいいように。

「ちょっと待って、今、おもいだすから」

かんがえるふりをして洗面所にむかう。鏡に映る自分の顔を見つめた。十一歳だったころの記憶をたぐり寄せる。未来にやって来た僕は、まさにこの場所で肩の手術痕に気づいて絶望した。西園小春から事故の発生日を聞き、それを回避して未来が変化することを望んだ。

だけど今の僕はどうだろう。この人生と関わり合いになったすべての人たちを愛している。小春のことも、これから生まれてくるはずの子どものことも。草野球チームのメンバーや、喫茶店の仕事や、そこでの常連客も。事故に遭わず、歴史が書き換えられたとき、僕たちは今のままでいられるだろうか。すべてリセットされて別の歴史へと上書きされるのだろうか。

それとも事故に遭わなかった瞬間、歴史の枝分かれが生じ、その先は異なる時間軸となるのだろうか。異なる時間軸の先で事故を回避した僕は野球を続けるはずだ。その変化は未来を大きく変えてしまうだろう。その僕は十月二十一日になっても過去へ行かない可能性だってある。その場合、八歳の西園小春をだれが犯人の手から救い出すのだろう？

過去の改変については不明瞭なことがおおすぎる。これまでのところ、観測済みの出来事は確実に起きているが、それが宇宙の絶対的な法則だとは言い切れない。僕が事故の起きた本当の日付を小春におしえた瞬間、世界が一変し、僕と西園小春は他人同士になり、彼女の胎内に宿った僕たちの子どもも消滅するのかもしれない。もしかしたら彼女は、そこまでかんがえて、目を赤くしながら婚約指輪を見つめていたのだろうか。

気づくと僕は鼻歌を歌っていた。小春がよく口ずさむ、映画『たんぽぽ娘』に使用されていた楽曲だ。

後悔はしないだろうか？　わからない。だけど、今の自分の人生が、このような決断の果てにあるのだとしたら、僕は救われる。運命によって否応なく押しつけられた人生ではなく、自分の決断によってもたらされた人生だったのだと気づけたから。

鼻歌のメロディーに後押しされるように決意する。

洗面所を離れてリビングへむかうと、小春はソファーで僕がもどってくるのを待っていた。

「事故が起きた日、わかった？」

「うん。僕が車に轢かれたのは……」

西暦と日付を口にする。

一年だけずらして、嘘の日付をおしえた。

僕は交通事故に遭うだろう。いや、すでに遭ったのだ。僕を絶望させ、苦しめたのは、運命を司る神様などではない。僕自身だった。自分で選択し、選んだ道だったのだ。棚に置いていた野球のグローブを手に取り、革のにおいを吸いこむ。少年時代の自分にむけて胸の中で謝罪した。

二〇一九

西園小春は腕時計を確認する。二〇一九年十月二十日があと十分ほどで終わろうとしていた。駅前から大学へ通じる遊歩道に噴水があり、そのちかくのベンチに蓮司とならんで腰かけている。八年前に彼と再会したおもいでの場所だ。深夜の時間帯なので噴水の水は止まっている。街灯に照らされる足下を、白色の綿毛が風にふかれて流れていった。

蓮司はめずらしくスーツ姿だ。上着のポケットにノートの切れ端が入っている。マンションを出るとき、彼がそこに入れていたのを小春は見ていた。ノートは彼の兄が保管しているが、そのページだけは蓮司の希望で切り取って持ちあるいている。

2019-10-21　0:04
ベンチで待機
パトカーの音
犬が三度鳴く

背後から殴られる

切れ端にはそのような走り書きがあった。二十年前に書かれたもので、何度も読ませてもらったから小春も暗記している。これから本当にその通りの出来事がおこるのだろうか。ノートの記述は次々と現実のものになったから、この予言もきっとその通りになるのだろう。

蓮司の脇腹をつつく。服の生地の下に硬いものが貼られていた。テープレコーダーだ。

「殴られた衝撃で、はがれ落ちたりしないかな？」

「たぶん大丈夫だとおもうけど」

後頭部に視線をむける。彼はこのあと、そこを殴られるという。犯人は三人の若者だと聞いていた。彼が十一歳のとき、未来で出会った西園小春が、そう言っていたらしい。

「いやなものだよ。痛いことをされるって、あらかじめ、わかってるのは」

「後遺症がのこらないといいね。計画通りにすすむといいんだけど。……よろしくね、蓮司君。ほんとうにありがとう」

彼はこの後、二十年前に行き、八歳の自分の窮地を救ってくれるのだ。もしかしたら

「ナイフが心配だよ。大怪我しないってことは観測済みなんだけど。もしれないってい

今回は歴史が変化するかもしれない、刺されてそこでおしまいかもしれないってい

う不安がある」

「ためしに警察に電話してみたら。事件を阻止できるかもしれない」

そうなったら自分の両親も生きかえるのだろうか。その場合、一人だけ生きのこ

ってつらかったときの記憶や、寄宿舎での生活のおもいではどうなるのだろう。消

えてしまうのだろうか。彼とのたのしい日々も、お腹の中の子どもも、なくなって

しまうのだろうか。

「十一歳の僕をよろしく。ガラスの馬の置物を壊してしまうけど、おこらないであ

げて」

「わかった。そろそろ私、ここを離れる。行ってらっしゃい」

「行ってきます」

小春は立ち上がり、彼に手をふってベンチから離れた。後は遠くから観察するつ

もりだ。かくれるのにちょうどいい場所を探していると、遠くの方の地面に、三人

の若者が座り込んで話しているのが見えた。煙草を吸っている。小春には気づいて

いない様子だ。

植え込みに身を潜ませる。体を低くして外灯の光がとどかない暗闇へと自分を埋没させた。そこからなら蓮司を遠目に観察できた。

時間だ。そろそろ彼が出発する。小春は次第に緊張してきた。

深夜だが、東京の空は比較的、明るい。パトカーのサイレンが聞こえてくる。信号無視の車両を追いかけて停止をうながすような、拡声器を通した声がする。彼が胸のポケットから紙片を取りだして読んでいる。

今度はどこかで犬のほえる声がした。紙片に書かれてある通りだ。一回、二回。そして三回。

そのとき、ベンチの背後から、人影がちかづくのが見えた。さきほど遠くの方にいた三人の若者だ。彼らのひとりが棒状の武器を持っていて、それをためらいなく蓮司の後頭部へと振り下ろす。小春は悲鳴をあげそうになるのをこらえた。

蓮司は前のめりに傾き、地面にくずおれた。若者の一人が、彼のはめている腕時計を外して自分のポケットに突っ込む。別の若者が、彼の上着に入っていた財布を抜き取る。

「だれか来て！　人が倒れてます！　救急車を呼んでください！」

小春はかくれたまま大声を出す。若者たちが、おどろいたように体を硬直させ、次の瞬間には逃走をはじめていた。

走って追いかけるべきだろうか。しかし今は倒れている蓮司のほうが気になる。それにまだお腹の子どもが安定期前だ。はげしい運動は避けるべきだろう。携帯電話で救急車を呼びながら、地面にたおれてうごかない蓮司のもとにむかった。事前の話し合いで、救急車を呼ばずに自宅へ連れて帰るのはどうかという案も出ていた。しかし後頭部のダメージがこわい。やはり病院に連れて行ってもらい、診察してもらった方がいい。蓮司が救急車で搬送されるのを、小春は野次馬にまじって見ていた。

その日の午前中、西園小春は病院を訪ねた。その時間、蓮司は病室で加藤という医師と対話をしているはずだった。病室まで行って確認したわけではないが、どんなタイミングを選んだとしても、十一歳の蓮司が観測したようになるのだろう。

受付で緊急の用があるといって加藤医師を呼び出してもらう。そうすることにより、担当の医師は引き離されて、蓮司は病室で一人きりになる。その間に連れだすつもりだ。意識の時間跳躍現象について医師たちに説明をするのは面倒だから、このような方法で逃げ出すことにさせてもらう。

担当医が現れる前に小春は受付を離れて移動する。階段を上り、渡り廊下を通って蓮司の入院している棟へむかった。彼の十一歳のときの記憶から、入院していたとおもわれる部屋を割り出している。

病室をノックして扉を開け、室内をのぞきながら名前を呼んだ。

「蓮司君……！」

ベッドに腰かけている彼が視界に入った。ぽかんとした表情だ。テープレコーダーを持っている。頭に包帯が巻かれており痛々しい姿だが、無事に見つけられたことに小春は安堵する。

「頭はもう平気？」

病院を抜け出した後、駐車場の車に移動した。手をのばして後頭部にふれようとしたら、彼は身を引いて小春の手をよけた。彼の中に入っているのは十一歳の少年の蓮司だ。自分は彼にとって初対面の人間なのだと再認識する。

「私は西園小春。東西南北の西に、動物園の園、小さな春と書いて小春」

「僕は下野蓮司です。漢字は、ええと……」

「しってる」

「え？」

「しってるよ」

鼻の奥がつんとして、すこし泣きそうにもなった。

「ごめんなさい、気にしないで。何かちょっとうれしかったから。蓮司君にとっては、今日がはじめましてなんだよね。あなたの人生において私が存在する最初の地点がここなんだ」

彼の人生において、はじめて自分が存在する瞬間だ。

だから今ここが、はじまりの場所だ。

そこに立ち会えたことが幸福だった。

「そうおもうと、感慨深い気持ちになっちゃって。これからよろしく、蓮司君」

きっと長い旅になる。二人でいっしょに歩めたらいいと、小春はおもう。

マンションに移動し、叔父からのメールに返信した。いっしょにランチを食べる約束を取り付ける。急な予定だったが問題ない。こうなることは何年も前からわかっていた。大人の蓮司から聞かされていた観測済みの出来事だ。

ホテルのレストランで叔父と再会し、婚姻届の証人の欄にサインをしてもらう。

三人でホテル内を移動しているとき視線を感じた。だれかが遠くからこちらを見ているような気がしたのだ。

「すこしドライブして、公園に行くつもりです」

この後の過ごし方を聞かれたので叔父に説明する。夕方に蓮司は運動公園から元の時代へともどっていく。その前に都内をすこしだけ観光するつもりだ。

「叔父さん、サインしてくれて、ありがとう」

「どういたしまして」

叔父はこの後、仕事の打ち合わせだという。

車に乗りこんで都内を走行する。

「ほら、見て。そこが皇居。そういえば、気付いてた？　平成って、終わったんだよ」

「僕は今、それどころじゃないんです」

「私といっしょに未来を歩むのはいやという顔をしてる」

「いやでは、ないですけど……」

まずは思い出の場所へむかった。

「この場所をよくおぼえておいて、はじまりの場所だから。蓮司君が過去へ出発した場所。だけどそれだけじゃない。二〇一一年の四月、大人になった私たちは、ここで出会うんだよ。私はその頃、大学生だったんだけど、ここに座ってたら、あなたが話しかけてきた」

事件のことを説明し、資料を読んでもらう。

「あっちにディズニーランドがある」

スカイツリーで東京の街を見下ろしていると、あっという間に時間が過ぎていく。

「あっちが新宿」

十一歳の彼の反応を見ていると愛(いと)おしくなった。

運動公園では綿毛の飛ぶ美しい舗道を彼とならんであるく。

「何という映画ですか?」

「『たんぽぽ娘』って言うんだけど」

「かわいらしい題名ですね」

「ロバート・F・ヤングっていう人の短編小説が原作なんだ」

ベンチで話していたら、野球のボールが飛んでくる。キャッチボールをしていた少年たちがこちらを見ていた。小春はボールを拾って、少年たちにむかって高く腕をあげた。

「投げるよ！」

放ったボールが夕日の中へ飛んでいく。

時間が足りない。太陽は西の方角に移動し、十一歳の彼とのお別れが迫っていた。


不意打ちで彼にキスをした。その直後、視界の端に人影を発見し、お腹の子を気にしながら追いかけてみると下野真一郎だった。レストランでランチをしていたあたりから、小春たちの後を追いかけて写真を撮っていたらしいと判明する。

「どうしてこそこそと、かくれてたんですか」

「蓮司にしられたら全力で妨害されそうだし。感慨深かったよ、いいもの見させてもらった。二十年前から聞かされていた未来の一日が、目の前で進行していたわけだから」

レストランのあるホテルを出たあたりから、車がついてきているような気がしていた。気のせいだとおもっていたが、彼の運転する車だったのかもしれない。

ベンチにもどってきて、問題が発生する。

いつのまにか婚約者の姿がなくなっていた。

「おーい！ 蓮司君、どこー!?」

名前をくり返し呼びながら周辺をあるいてみる。

暗くなると運動公園の利用者が減った。犬の散歩をしていた人々も見当たらなくなる。体育館やテニスコートの付近の路地を移動しながら彼の姿を捜す。

小春は真一郎へ電話してみる。彼はすぐに出た。

「もしもし、お義兄さん？　今、どこです？」

「公園の駐車場。これから出るところ。蓮司はどうなった？　もうもどってきた？」

小春が事情を話すと真一郎もいっしょに捜してくれることになった。

「何度も打ち合わせしたんですよ。公園で目をさましたら、私が近くにいるはずだから、いっしょに帰ろうって」

真一郎は近くのベンチに腰かける。彼はデジカメを出して撮影した写真をながめはじめた。小春は不安だ。彼の身に何かおもいもよらないことが起きているのではないか。十一歳の蓮司がもとの時代に帰ったということは、今、世界はだれにも観測されていない歴史を進みはじめたことになる。何が起きても不思議はない。

しかし、それはそれとして、小春は真一郎の撮影した写真が気になった。

「私にも見せてください」

ベンチに腰かけて、真一郎からカメラを受け取る。液晶の画面に、遠くから撮影した蓮司と小春の画像が映し出される。ボタンを押すと、レストランに入るところを隠し撮りした場面や、遊歩道をあるいている場面や、スカイツリーを見学している場面が切り替わる。

何枚か写真をながめているうちに、ふと気づいた。該当の写真の一部を拡大してみて、さらに困惑する。これはどういうことだろう？　何か嫌な予感がした。

「どうかした？」

真一郎が小春を見ている。首を横にふった。自分でもわけがわからない。もしかしたらただの偶然かもしれない。

運動公園を散歩する小春と蓮司を撮った写真だった。背景を拡大すると、そこに叔父らしき人物が写っている。さきほどレストランで婚姻届にサインをしてくれたとき、この後、仕事の打ち合わせがあると言っていたはずだ。それならば、どうしてこの運動公園にいるのだろう。

急に天気が悪くなってきた。今にも雨が降ってきそうな雲が西の方から流れてくる。

一九九九

耳鳴りがひどかった。目出し帽におおわれた頭部に触れ、流血の有無を確認しながら、男は起き上がる。金属製の古めかしいタイプライターが床にころがっている。そいつを頭に振り下ろされたらしい。少年の腹にナイフを突き刺したつもりだったが、実際は何かにはじかれていたらしく、不意を突かれてしまった。

少年と少女の姿はもうない。玄関扉の開閉する音が階下から聞こえてくる。追いかけて口封じをするべきだろうか。いや、放っておこう。こちらは素顔を見られたわけじゃない。それよりも家捜しを優先したほうがいい。あいつらを逃がしてしまったことで、時間の猶予がすくなくなった。じきに警察が来るだろう。

男は夫婦の寝室をあさって金目のものをさがす。宝石やアクセサリーをつかんで、クローゼットにあったブランド物のハンドバッグに突っ込んだ。

家主の死体をまたいで玄関を出る。家主の妻の死体を横目で見ながら裏手の斜面をのぼった。木々が邪魔をしてスムーズに移動するのはむずかしい。

あの少年は何者だったのだろう。西園邸の住人は夫婦と娘の三人だけだったはずだ。近所に住んでいる子どもが偶然に家をたずねてきたのかもしれない。外にたおれていた家主の妻を発見し、異常に気づいて二階へとやってきたのだろうか。

納得したわけじゃないが、それ以上、かんがえるのが面倒になった。仕事を終えた後だというのに耳鳴りがする。ぷーん、と羽虫の飛んでいるような音が頭の中で鳴っていた。

斜面の途中にぽっかりと平らな空間があり、雑木林が空き地を囲むように繁っている。男は事前にその場所のことを地図で見ていた。西園邸のある区域から数キロほど離れた場所に、山の中腹へと続く道の入り口がある。ここは、麓からつづくほそい道の終着点だ。かつてはこの辺りに畑があり、農作業のために道が整備されたらしい。

黒色の乗用車が空き地に駐まっていた。男は車にちかづいて覆面をとる。

夕暮れ直前の風が顔の皮膚をなでた。ささくれだっていた気持ちがすこしはおだやかになる。助手席のドアをあけて乗りこむと、運転席に座る依頼主が男を見た。

「どうだ？　やったのか？」

依頼主が聞いた。太った男だ。当初はそいつも一緒に家へ乗りこむつもりだった。そのために裏ルートで小型の拳銃も入手していたようだが、怖じ気づいたらしく車で待っていることになったのだ。今朝の新聞に拳銃の密輸に関する記事が掲載されていたのをおもいだす。彼の入手した拳銃と同タイプのものがいくつも日本国内に出まわっているらしい。

依頼主とはアンダーグラウンドのサイトを通じてしりあった。素性をかくした状態でメールのやりとりをおこない、仕事の内容についておしえられた。とある家に押し入り、強盗のふりをして住人を消して欲しいというものだ。最優先で消してほしいのは家主の男性で、その配偶者と娘は消してもどちらでもいいという。移動のための車両は用意してくれるとのことだ。家主の職業が映画製作会社の経営だとしったのは、仕事を引き受けることにした後だ。『たんぽぽ娘』という映画を作った会社の社長と、シナリオを書いた女の夫婦だという。偶然にも男はその映画のことをしっていた。母が死の間際にテレビで見ていた作品である。

「子どもが逃げた。二人だ。あの家の娘と、だれかはしらないが少年だ」

男が報告すると、依頼主は怪訝な顔になる。

「少年？」

今回の仕事について、情報が漏れていたという可能性はないだろうか。しかしそれなら少年ではなく警察が乱入してきたはずだ。

「何者だ?」

「さあね、わからない」

「それで、兄は死んだのか?」

依頼主が西園邸の家主を消したかった理由について、くわしく聞いていない。家主と依頼主は兄弟の関係らしい。旧約聖書に登場するカインとアベルといったところだろうか。今回は弟の方がコンプレックスを膨らませ、出来のいい兄を妬み殺意に発展したのではないかと推測する。依頼主は醜く太っていた。さきほど殺した男は、熊のような野性味を持った、精悍な顔つきの人物だった。配偶者も美人で幸せな家庭だったのだろう。ぶち壊したくなる気持ちは男にもわかる。

「家主は死んだ。妻も死体だ」

「そうか。あの子が生きのこったことは、前向きにとらえることにしよう」

「なぜだ?」

「犯人が私ではないと証言してくれるはずだ。きみと私とでは、体格が見るからにちがう」

依頼主は警察からの疑いの目をそらすためにアリバイ工作も入念におこなっているようだ。具体的にどんな工作をしたのかは聞いていないが、彼は今、地方へ出張していることになっているらしい。

「そろそろこの場を離れよう」

男が提案すると、依頼主はうなずく。しかしエンジンを起動させるかわりに、そいつは小型の拳銃を取りだした。そいつの大きな手の中で拳銃は玩具(おもちゃ)みたいに見える。

依頼主が運転席側から覆いかぶさってきた。逃げようとしても、肥満体の重みを退けることができない。胸のあたりに銃口が押しつけられる感触があり、パン、と火薬の弾ける音がした。続けて何度も弾丸が発射される。痛みを感じるよりも先に、依頼主の重みで圧死する恐怖の方が大きく、そこから逃れることばかりかんがえているうちに、男の視界は暗くなった。

× × ×

僕は茂みに身を潜ませて車を見ていた。ナンバープレートの数字と、覆面を脱いだ状態の犯人の素顔は確認を終えている。車両に運転手がいたのは予想していなかったが有益な情報だ。車両が発進して逃亡したのを見届けてこの場を離れよう。二十年後にもどって小春に報告しなくてはならない。

しかし車はしばらく待ってみても発進しなかった。犯人と運転手が車内で話しているようだ。窓に貼られた遮光フィルムのせいで車内を見ることはできない。

突然、乗用車が激しくゆれはじめた。直後に何かの破裂音がする。タイヤがパンクしたのかとおもったが、どうやらちがう。

二度、三度と音がして車のゆれがおさまった。

火薬の音だ。銃声？

映画で耳にするよりも、ずっと淡泊な響きだったから気づくのがおくれた。子どものころに近所の田園で聞いた、すずめを遠ざけるための爆音機の方がずっと凶悪な音だ。

運転席のドアが開いて肥満体の男が出てくる。そいつの顔には見覚えがあった。しかしすぐにはおもいだせない。

運転手は、あえぐように息をすいこんだ。車内には煙と臭いが充満しているらしい。右手に小型の拳銃が握られている。助手席の犯人はどうなった？　運転席のドアが開かれた状態だったので車内が見える。助手席のシートから男が滑り落ちそうになっていた。脱力した状態でうごかない。小春がずっと追いかけて正体を知りたがっていた男が撃たれて死んでいる。この状況は警察の資料にも載っていなかった。

運転手の使用した拳銃の口径がもっと大きな物だったら、銃弾が死体や車両を貫通して地面に転がっていたかもしれない。銃弾によって空いた穴から血が滴り、この状況を推測させる何らかの証拠が警察の現場検証でわかったかもしれない。しかし僕の把握している歴史では、そうはならなかった。運転手の男が気をつけて拳銃を発射した節がある。助手席側の窓が割れていないのは、銃弾が外に飛び出さないよう、向きを考慮しながら撃ったせいだろう。計画的なものを感じる。はじめからこうするつもりでいたのかもしれない。

肥満体の運転手は、玩具みたいな小型拳銃をシートにおいて、ハンカチで汗を拭う。そのときにふと、小春が見せてくれたいくつかの写真に彼が写っていたのをおもいだす。家族の写真をあつめて作ったアルバムだ。一度だけ実際に会ったこともあるが、それは僕の主観において遠い昔のことだった。

西園幸毅。小春の後見人であり、叔父にあたる人物だ。

この時代から二十年後、三人で食事をして、婚姻届を作成する際に証人となってくれる。普段は海外にいていそがしく、小春と自分が付き合うようになってからはまだ一度も会っていない。

おどろきのせいで僕の注意力は散漫になっていたらしい。潜んでいた茂みの枝に寄りかかって、枯れ枝の一本が小気味のいい音をたてて折れてしまう。あわててかくれようとしたが、おそかった。

西園幸毅と目が合う。汗を拭う手をとめ、彼は目を大きくひらいていた。声を発しようとしたのだろうが言葉が出ない。彼は体を回転させ、座席に置いてある拳銃をつかもうとした。

僕は走り出す。あわてていたから転んでしまった。すぐに起き上がり、空き地から遠ざかる方向に足をうごかす。

今にも背後から撃たれるような気がして怖かった。茂みを飛びこえ、木の根っこに足をひっかけ、何度も転びそうになる。

追いかけてくる気配はなかったが、気が急いて足をゆるめる気にならない。できるだけ距離をとりたかった。

夕暮れで視界がわるい。気づくと足の下に地面がなかった。

急斜面の下に畑地が広がっている。視界が一回転して頭を何かにぶつけながら転がり落ちた。

人がいておどろいたようにこちらを見ている。

逃げて！　拳銃を持った人がいる！

落ちながら警告しようとしたが、地面に体がたたきつけられた瞬間、目の前が急速に暗くなった。

二〇一九

西園幸毅は仕事柄、空の上にいる時間が長い。クライアントの依頼で主要な都市を飛び回り、打ち合わせを終えると空港に引き返す。座席でキャビンアテンダントに白ワインを注いでもらい、飲みながらメールのチェックをすませる。ビジネスクラスのゆったりとした座席でも、幸毅の肥満体にはせまかった。出張のない仕事は落ちつかない。一カ所にとどまっていると、パトカーのサイレンに追い立てられる悪夢を見る。

日本への帰国は気がすすまなかったが、仕事上、どうしても立ち寄らなくてはならない。タイミングがあえば姪にも会うが、あわなければ顔を見ずに出国する。幸毅にとって兄の娘はその程度のものだ。積極的に会いたいとはおもわないが、愛情深い叔父さんを演じていた。

姪に恋人がいるらしい。その話を聞いたのは最近のことだ。結婚の意思が二人の間で固まったタイミングで報告を受けた。姪から電話をもらい、夫となる人物の名前を口頭でおしえてもらう。

「かわばた？　文豪みたいな名前だね」

「かばたですよ、叔父さん」

メールでやりとりをしていれば、どのような漢字なのかも判明していたはずだが、ひとまず音の響きだけわかっていればいい。英語圏で何年も暮らしていたのでそう判断した。

十月二十日、日本に住むクライアントに呼ばれて帰国することになった。空港を出ると白い綿毛が視界をかすめる。異常気象のためたんぽぽの綿毛が飛びかっているのだという。

翌日、姪にメールを送ってみた。すぐに返事がある。


婚約者を紹介させてください。今日これから三人で食事をしましょう。

婚姻届の証人の欄にサインをお願いしたいのですが、書いてくださいますか？

西園小春

ホテルの最上階フロアにあるレストランへ移動する。姪の婚約者とはじめて対面したが、小動物のように落ちつかない様子の男だった。身をすくめるようにしながらレストランの内装を見回している。英語表記のメニューに戸惑い、子どもみたいに野菜をのこしていた。

食事が終わり、姪が婚姻届を取り出した。婚約者の名前の欄を確認して鳥肌がたった。

下野蓮司。

名前のよみかたもひらがなで記入してある。【下野】と書いて【かばた】と読むらしい。動揺を覚られないように気をつけた。

婚約者はトイレにむかった。人生の劇的な瞬間を見たくはないらしい。めずらしい男だとおもう。捺印(なついん)のための印鑑も用意していた。

婚姻届には証人となる人物が二名、記名捺印をする必要がある。幸毅の他にもう一名分、すでに記入がすんでいた。

「それぞれの親族から一人ずつ、証人になってもらおうとおもったんです」

ということは、もう一人の証人は婚約者の親族というわけだ。

「蓮司君のお父さんにお願いしようとおもったんですけど、自分は字を書くのがへただからって嫌がって。それでお母さんにお願いすることになったんです」

証人の欄に記されていた名前は【下野加奈子(かなこ)】。

幸毅はその字面に見覚えがあった。

二十年前の出来事が頭をよぎる。

「ひとつ、確認したいことがあるんだが……」

「何です？」

幸毅は姪に聞いた。

「彼は子どものころ、交通事故に遭ったことはないか？」

「どうしてわかったんです？」

「何となく、体のうごかしかたでわかるんだ」

確信する。下野蓮司は、鎌倉の家に現れた少年にちがいない。

二十年前のことだった。小型拳銃から放たれた銃弾が隣りにいた男の胸に穴を空け、車内は硝煙のにおいが充満した。運転席のドアを開けて外に出ると、離れた位置からこちらをうかがっていた丸坊主の少年と目が合った。

目撃されたという危機感から拳銃をむけようとしたが、少年は逃げ去った。肥満体の自分では、すばしっこい少年に追いつくことはできない。幸毅は計画が瓦解する音を聞いた。あの少年は目撃したことを警察に話すだろう。

そばに長財布が落ちていた。少年は逃げ出す際に足をすべらせて転んでいた。そのときに落としたものらしい。大人の女性が使用するタイプの長財布には、刃物が刺さったような裂け目があり、中に硬貨が入っていた。他にもレシートやポイントカード、そして女性の運転免許証が出てきた。

運転免許証の氏名の欄には【下野加奈子】と記されていた。

少年との関係は？　母親だろうか？

顔写真と生年月日を見るかぎり、そうとしかおもえなかった。

運転免許証には名前の読み方までは記載されていない。その苗字は【しもの】あるいは【したの】だろうと勝手に解釈していた。姪から婚約者の名前を聞いても、二十年前の事件の少年とすぐに結びつかなかったのはそのせいだ。

レストランを出るとき、幸毅は下野蓮司の体をささえた。急に立ちくらみがしたらしく、足下がふらついている。姪が妊娠していることを、しらなかったのだろうか？　はじめて聞かされたという反応だった。

幸毅を前にしても彼が一切の反応を見せなかったことも気になる。二十年前、顔を合わせたことをおぼえていないのだろうか。婚約者の親族に会うという緊張感だけはみなぎっていたが、それだけだ。忘れてしまっているのなら、それでいい。しかし、あのときの少年が、姪の婚約者として再び自分の前に現れたことに底知れない不安があった。

三人でエレベーターに乗り、地下の駐車場まで移動する。小春にこの後の行き先を聞いてみた。ドライブをした後、とある運動公園にむかうという。

「叔父さん、サインしてくれて、ありがとう」

「どういたしまして」

外国産のクーペが駐車場の出口にむかって遠ざかると、すこし離れた位置に駐車されていた黒色の乗用車が、エンジンを響かせてうごきだした。小春たちを追いかけるようにその車は駐車場を出て行ったが、偶然にそう見えただけなのだろう。

幸毅はクライアントに電話して会議を欠席した。大急ぎでレンタカーを借り、いくつかの準備を整える。今後の方針として二通りの計画をたてた。穏便に立ち話だけでおわらせるシナリオと、手荒なことをするシナリオだ。念のためホームセンターで道具をそろえておく。

運動公園に移動し、姪の運転していた外国産のクーペがまだ到着していないのを確認する。この運動公園に駐車場はひとつしかない。駐車場の出入り口付近が見える場所に幸毅は車を駐めた。二人が来なかったらそのときは何もせずに帰ろう。もしも二人が公園に来て、運良く下野蓮司だけに話しかけるタイミングがあったら、いくつかのことを問いただしたかった。

二十年前、なぜ目撃したことを公表しなかった？

なぜあんな場所にいた？

なぜ今になってまた現れた？

姪の前でそれらを質問することはできないから、別行動をしたタイミングで、彼だけをつかまえなくてはならない。穏便にすませるシナリオの場合、人のすくない建物の陰に連れて行き、いくつかの質問をするだけだ。金を催促されたら言い値を支払ってもいい。

太陽が西に傾きはじめ、影が濃くなると不安が増大していった。下野蓮司は忘れたふりをしているだけで、実際は何もかもおぼえており、いつでも自分を告発できる状況にあるのにちがいない。こちらが困窮しているのをたのしんでいるのだ。

兄がそうだった。子どものころから肥満体で運動能力に乏しい幸毅が、他の子たちにいじめられて困窮している様を、たのしんで見ているような性格だったのだ。兄は巧妙に性格の悪い部分を隠し、両親の愛情を一身に受けていた。兄のことをおもいだすと急速に殺意が膨らんでくる。

気がかりな問題はすべてきれいに排除すべきだ。この二十年間、自分はおびえながら暮らしていた。今回の件は、その生き方を改める最後のチャンスなのかもしれない。

見覚えのある外国産のクーペが駐車場に入ってきたとき、幸毅の決意は固まっていた。立ち話だけですませるシナリオは捨てよう。少々、手荒なことをしてもかまわない。

ベンチで談笑する二人を遠くから観察する。大柄な体をひそませるのはむずかしい。タイミングをうかがっていると二人が別行動をはじめた。

姪がベンチをはなれてどこかに消える。一方、下野蓮司は反対の方角へ足を向けた。偶然にも幸毅のひそんでいる方へ接近してくる。

キャッチボールをしている少年たちがいた。彼らのそばを通り抜けて、彼はどうやらトイレを目指しているようだ。運動公園の敷地の端に位置しており、すぐ裏側が駐車場だ。幸毅はその付近の茂みに身を潜ませていた。すでに武器の支度を終えている。二人を観察しながら靴下を脱ぎ、足下の砂をつめておいたのだ。ずっしりとした重みを頭に振り下ろせば簡単に人は意識を失う。当たり所がわるければ死ぬこともあるというが、かまわない。

トイレの手前で下野蓮司は立ち止まる。何かを踏んでしまったらしく、靴裏を確認していた。幸毅はひそんでいた茂みを出て、背後から近づくと、彼の頭にむかって砂入りの靴下を振り下ろした。

二〇一九

頭に鈍い痛みがあり、僕は眠りからさめる。どれくらいの時間、意識を手放していたのだろう。ここはどこだ？　今は何時だ？　十一歳の体に入り、新幹線で鎌倉市にむかい、小春を無事に逃がしたことはおぼえている。空き地で犯人の逃走車両を見つけた。西園幸毅と目が合って、逃げだして、斜面で足をすべらせたのだ。体の上下が入れ替わるようになりながら、急斜面を転がり落ちたのが、最後の記憶だった。

おそらく時間跳躍現象が起きたにちがいない。僕の意識は十一歳の肉体を離れ、元の時代にもどってきたはずだ。だけど妙だ。運動公園の公衆トイレ付近で目を覚ますはずではなかったのか。

声が出ないことに気づく。暗くて狭い空間に僕は寝かされていた。低い音と振動が体の下の方から伝ってくる。車の走行する音だ。ここは車のトランクの中らしい。脚と体を折り曲げて、ぎゅうぎゅうの状態で押しこまれている。

腕が背中側にまわされ、両手をひとまとめに縛られている。両足も拘束されていた。声が出せないのは、口に布らしきものが押しこまれ、猿ぐつわをされているからだ。光源がないために周囲は真っ暗だ。蒸し暑くて全身に汗がにじむ。少年の体だったら、車のトランク内部でも、もっとゆったりとしていただろう。

どうしてこんな状況に陥っているのかがわからない。運動公園で目を覚まし、すぐそばで待機している小春に、二十年前の世界で見てきたことを報告するはずだったのに。

彼女にしらせたかった。二十年前、彼女の両親を殺害した実行犯はすでに殺されている。叔父の西園幸毅が殺したのだということを。

体をねじり、膝や肘でトランクの蓋をたたく。金属製の車体は頑丈で、こじ開けるのは無理そうだ。何度もそうしていると車が停止した。どこかの駐車場か路肩に止められたようだ。バタンとドアを開閉する音が聞こえる。

トランクが開かれた。車のそばに外灯があり、白い光のまぶしさに僕は目をほそめる。雨だ。水の粒が空から降ってきて顔にあたる。肥満体が僕を見下ろした。観察するような目をした西園幸毅だ。さきほど遠くから見たときよりも二十年分、老けている。車の行き交う音がすぐそばから聞こえてきた。大きめの道路の路肩みたいな場所に駐めているらしい。

「さきほどはどうも、下野蓮司君」

彼は緊張した様子で話しかけてくる。威圧的ではなく、丁寧な物腰だ。さきほどとは、いつのことなのか。斜面を転がり落ちるすこし前の、車のそばで目が合ったときのことだろうか？　いや、小春を交えて三人で食事をしたときのことにちがいない。僕の時間では大昔のことだが、彼には数時間前のことなのだ。

「すこしきみに質問したいことがあるんだ。しずかな場所に移動しよう」

大型のトラックが通りすぎたらしく、地響きのような音と振動が体をよぎる。肥満体の男を見上げながら、声をだして抗議しようとするが、口におしこまれた布のせいで言葉は不明瞭な音になってしまう。

「……いったい、きみは何者なんだ？」

困り果てたように彼は言った。

同じ質問を返したかった。彼が実行犯の男と仲間だったのは疑いようがない。どうしてあんなことをしたんだ？

「昼間はまるで子犬みたいな様子だったのにな。下野君、きみが今、怒っているのは、せまい場所に押しこまれていることへの抗議なのか？　それとも、二十年前に私のしたことを責めているのか？」

彼は僕を見つめて、何かを察したようだ。

「きみは、あの日のことをおぼえている。そうでなければ、二十年前という単語を聞いて、そんな風にかまえはしないだろう。目撃したことをすっかり忘れているのなら、二十年前と聞いたとき、何のことかわからないという戸惑いがあるはずだ」

脂肪に包まれた太い指をトランクの蓋にかける。ばたん、と音をたてて暗闇になった。

再び車が発進する。体にかかる加速度の変化と走行音でそのことがわかった。外部に自分のことをしらせる手段はないものだろうか。腕や足の拘束がはずれないかとやってみたが無駄だった。手足にまきついているのはビニール紐らしい。皮膚に食いこむ感触でそうとわかる。ライターでもトランクにころがっていればいいのだが、都合良くそんなものはない。

ふと疑問がわいてくる。西園幸毅はなぜ、僕があのときの少年だとわかったのだろう？　車内で仲間を撃ち殺した後、運転席から出てきて、ほんの一瞬だけ目が合ったにすぎない。当時の僕は野球少年で丸刈りだった。今とは髪型もちがっている。子どもから大人になり、顔立ちも変わったはずだ。小春の婚約者として紹介された僕を、あのときの少年だと彼に確信させた理由がわからない。

観測済みの時間は終わった。ここから先は白紙の時間がひろがっている。どんなことでも起こりうる世界だ。数秒後に西園幸毅が交通事故を起こし、その巻き添えで死んでしまう可能性だってある。今までは命の保証がされていた。僕が生きていることは観測済みだったから、命を失うほどの病気や怪我にあう可能性は低かった。しかしこの先は、わからない。

しばらくブレーキが踏まれなかったから、高速道路に入ったのだろう。雨が一時的に強まり、その間はトランクの蓋に雨粒の落ちる音がひびいた。どこへ連れて行かれるのだろうかと暗闇の中でかんがえる。何時間も走行していたようにおもえたが、実際は一時間くらいかもしれない。

車は傾斜のある道を行き、徐行する程度の速度でいくつかの角をまがる。ついに到着したらしく、完全に停車する。運転席のドアが開かれる音がして、車が上下にゆれた。西園幸毅の巨体が車から出たのだ。

トランクが開かれ、まぶしい光が差した。西園幸毅が懐中電灯を僕にむけている。

「降りてくれ。足の拘束だけといてあげよう。でも、おかしな真似(まね)はするなよ。こっちは武器を持っている」

彼の手にアウトドア用のナイフが握りしめられている。買ったばかりの新品らしく、刃がかがやいていた。僕の両足首をひとまとめに縛っているビニール紐が、彼のナイフによって切断される。

左右の足がそれぞれにうごくようになり、西園幸毅をさっそく蹴ろうとしたが、彼がナイフをかまえたので思いとどまる。抵抗しようとすれば刺される。お腹をひと突きされただけで僕は死んでしまうだろう。

両腕を背中側に回された状態だったので、起き上がることもむずかしかった。まずは片足をトランクの外に出し、つま先で地面の位置をさぐりながら外に出る。うまく着地できずにころんでしまった。ようやく視界がひらけてどこにいるのかがわかる。

雨に濡れる雑草が生い茂っており、そのむこうに古びた邸宅があった。車のヘッドライトが、そのぼろぼろの壁面を照らしている。家屋の横にはシャッターが閉ざされたままの車庫がある。見覚えのある光景だった。僕の主観において、数時間前にも訪れた場所だ。そのときは急いでいたからゆっくりと眺めることはできなかったが、今のように荒れ果ててはいなかった。

鎌倉市に建つ西園邸だった。今は誰も住んでおらず、完全な廃墟(はいきょ)となっている。

西園幸毅が車のエンジンを切ると、ヘッドライトが消えて西園邸は再び闇にしずむ。

「前をあるけ」

背中側に立ち、西園幸毅がナイフをつきつける。僕はすこしだけ片足をひきずるようにしながらあるいた。

「ゆっくり話をするのに、ここしか思い浮かばなくてね。近所の若者たちの、肝試しスポットになっているという噂も聞くが、さすがに今日はいないだろう。雨が降ったし、みんな自宅でボードゲームでもして遊んでいるだろうな」

彼の握りしめている懐中電灯の光が、僕の影を玄関先のポーチへと投げかける。

玄関扉の鍵は数年前に壊れていた。取っ手のあたりに鎖を巻いて開かないようにしていたが、それもかんたんに外せるようになっている。この土地と建物を相続した小春は、セキュリティーに関して無関心だ。

僕をわきに退かせて西園幸毅が鎖をはずす。玄関扉が軋みをあげながら開いた。

屋内の暗闇へ懐中電灯の光がむけられる。玄関ホールには土埃が降り積もっていた。彼は床の一点に光を固定する。事件後に掃除されたから血の跡はのこっていないが、かつてそこで小春の父親は血を流して死んでいた。僕はその光景を、ついさきほど目にしたばかりだ。

「入れ」

西園幸毅にうながされ、屋内に足を踏み入れる。

靴は脱がなくてもよさそうだ。彼に指示されて廊下にむかう途中、懐中電灯の光が、床の上にちらばったままのガラスの破片を照らす。窓ガラスのいくつかは割られた状態で放置されていた。雨戸のあるところは閉められていたが、ないところにはビニールシートがはられている。

ガラスの破片を踏みしめて、僕は廊下を進む。

「ダイニングへ行け。場所はわかっているな？」

おとなしく従った。彼の持っているナイフがおそろしかった。憤りはあったが、刺されるかもしれないという恐怖を無視できる状況にはない。観測済みの時間をはなれた今、死ぬことへの不安が急速に膨らんでいた。口を塞がれていたので、呼吸もうまくできない。緊張で心臓がつぶれそうだった。

ダイニングは一階にある。リビングとつながった広い部屋の一角にテーブルと椅子がのこされていた。荒廃ぶりはすさまじく、カーテンはぼろぼろだ。棚などの家具はのこされていたが、中に入っていた換金できそうなものは消えている。不法侵入しただれかが持ち去ったのだろう。

テーブルを囲む椅子のひとつに僕は座らされた。背もたれのある椅子だ。両腕を後ろで拘束されている状態だったので、腰をひねるような形の不自然な姿勢で座らなくてはいけなかった。

西園幸毅は僕の周辺に懐中電灯の光をさまよわせる。武器になりそうなものがないことを確認しているのだろう。僕のまわりにあるのは、かび臭い空気だけだ。雨風の音が外から聞こえてくる。ひゅう、ひゅう、と風が笛のように鳴り、時折、雨粒がばちばちと窓に打ちつけた。

西園幸毅が僕のすぐ背後に立つ。腐りかけの床板が彼の重みで軋みながらしずんだ。僕の座る椅子がわずかにそちらへかたむく。

「大声をあげないでくれ」

猿ぐつわを外された。口に入れられていた布きれのようなものを吐き出す。呼吸が楽になった。ナイフを持った西園幸毅が僕を見ている。大きな声をあげたらすぐにでも切りつけられそうな気がする。僕が騒がないのを確認して、彼の方も、少しほっとした様子だ。

「……どうして、あんなことを？」

咳きこみながら、彼をにらむ。

「あんなこと？　こんなこと、の間違いではなく？」

「二十年前のことです。あなたは、犯人の仲間だった。その犯人も、あなたが……」

彼はポケットからハンカチを取り出すと顔の汗をぬぐいはじめる。

「そうなんだ。私がやった。私が計画して、彼に声をかけたんだ。……ああ、神様」

顔にハンカチを押しつけて、うめき声をあげた。

「後悔してるんですか？」

「ちがう。この話をだれかに聞かせるのがはじめてだからうれしいんだ」

彼は泣いていた。ハンカチで目元をぬぐっている。

「今までずっと恐怖しかなかった。告発され、罪が露見する恐怖と孤独。でも、ほんとうは、だれかに打ち明けて、話を聞いてもらいたかった」

西園幸毅が僕にすがりつくような目をしていた。気味が悪くなり鳥肌が立つ。

「警察に行ってほしい。取調室でゆっくり聞いてくれるはずです」

「逮捕されるのはごめんだ。自分の身が安全な状態で私は話したい」

つまり僕は生きて帰ることができないという意味だろうか。

彼が床を踏みしめながら移動する。巨体の影は得体の知れない怪物のようにも見えた。一歩を踏み出すごとに廃屋が震える。ダイニングの壁際に置かれている棚に接近し、引き出しを漁りはじめた。

「あの目出し帽の男は？」

「ネットの掲示板で知り合った。名前を聞いたが、偽名だった。何者かはわからないが、他にも似たような悪事に手を染めていたらしい。死体は車といっしょに処分したよ。拳銃もね」

「処分？」

「深い事情を聞かずに、お金で解決してくれる場所がある。ああ、あった。ようやく見つけた」

振り返った彼の太い指には、夜のレストランで使用されるようなキャンドルと、古びたマッチの箱が握りしめられていた。彼はキャンドルをテーブルに置くとマッチを擦りはじめた。湿気っているのか、何度やっても火はつかない。

「小春に謝罪してほしい」

「あの子には悪いことをした。だが、あの子の父親は、それほどいい人間じゃなかったんだ。すくなくとも私にとっては」

擦っていたマッチが折れる。彼はそれを捨てて、ほかのマッチを箱から出す。懐中電灯はテーブルに置かれて、彼の手元を照らしていた。

「そうだったとしても、殺してもいい理由にはならないでしょう」

「わかっている。私がやったのは犯罪だ。世間で非難される行為だ」

「自首してください」

マッチが折れる。彼が舌打ちをする。

「兄はみんなから好かれていた。一方、私は醜い。両親の愛情は兄の方に偏っていた。そういえば下野君、きみにもお兄さんがいたはずだ。そういう不公平な目にはあわなかったか？」

僕に兄がいることをいつ彼は把握したのだろうか。昼食の際に家族の話題が出たのかもしれない。しかし僕は、そのときどんなことを話したのかをおもいだせなかった。彼にとっては数時間前でも、僕にとっては大昔のことだ。

彼の擦っていたマッチが、ようやく火を点す。それを消さないように注意しながらキャンドルに点火する。懐中電灯の光にくらべたら弱々しいが、心を落ちつかせるような、ぬくもりのある明かりだ。満足そうな表情で彼は話す。

「下野君はお兄さんと仲が良かったみたいだな。うらやましいよ。私は、いつも兄の顔色をうかがって生きていた。具体的な話はよしておこう。意味があるとはおもえない。だけど、ひとつだけ……」

テーブルをはさんだ位置に彼が座る。キャンドルの明かりが彼の顔を正面から照らしてオレンジ色に染めている。象のようにおだやかな目は、どこか陶酔するように炎を見ていた。

「ランチの席で、私にも好きな人がいたと話をしたけれど、おぼえているかい？好きだってことを、ずっと言い出せないままだったんだ。とてもかわいらしい女性だった。私に対しても、他の人と同様に接してくれたんだ。彼女は兄の部下だった。兄は、私が彼女を慕っていることを知っていながら関係を持った。兄はすでに既婚者で娘も生まれていたというのにだ。彼女は心を壊して地元へ帰り、しばらくして自殺したそうだ」

窓ガラスのひび割れから入ってくる風がキャンドルの炎をゆらす。壁に映る巨体の影がそれにともなって膨らみ、壁と天井一杯に広がった。

「どうだろうか。この話、本当だとおもうかね。私の作り話かもしれないぞ」

わからない。それが真実だとするなら、わずかに憐憫（れんびん）がこみあげる。

でも、そうだとしても、二十年前のような事件は起こしてはならなかったはずだ。

「今度はきみが話す番だ。あの日、きみはどうしてあんな場所にいた？」

「……呼ばれたんです」

緊張で声がふるえる。それでも会話を続けなくてはならない。話している間は刺されないはずだ。彼は僕を殺すつもりでいる。だから様々な情報を話してくれるのだ。対話する理由がなくなったとき、彼の所持するナイフの出番になる。今の僕にできることは、すこしでもその時間を先延ばしにすることだ。

「小春に、呼ばれたんです。来て欲しいって、祈りが伝わってきたんです」

「祈り？」

「さっきあなたも、神様ってつぶやいたでしょう。彼女の祈りが、時間を越えて僕を引き寄せたんだとおもいます」

「そんなこと、あるわけが……」

「僕はわかっていました。あの日、あの場所で事件が起きることを。それを防ぐことができないことも。だけど小春だけは助けられることも」

西園幸毅がハンカチで汗を拭う。もう片方の手はテーブルの下にあるが、ナイフを握りしめているはずだ。

僕は姿勢を変える。体をひねった状態で座っているのがつらい。

「……そうだな。信じられないような話だが、そうとしかおもえない。それくらい不思議な出来事だったんだ、きみの出現は。そうか、あの子の祈りが……」

二十年の時間を僕の意識がジャンプしたのは、異常気象のせいでもなく、ボールが頭にぶつかったせいでもなく、小春がそう願ったから起きた奇跡だったのかもしれない。今はそうおもえる。

非現実的な現象だ。彼がまともな人間だったら、僕の話を信じないどころか、怒り出しさえしただろう。しかし意外にも彼は理解を示してくれた。

「純粋な祈りが奇跡をもたらしたというのなら、それじゃあ仕方ない。そういうことも起こりうる。私はロマンチストなんだ。しかし理解できないこともある。なぜきみは、目撃したことを、さっさと大人たちに言わなかった?」

「記憶が飛んでいました。あのあと斜面をころがって、頭を打ったので。こんな風にあなたに拉致されてようやくおもいだしましたけど」

彼はハンカチで顔を覆ってうめくように笑い出す。何がおかしいのかわからないが、狂気じみた笑い声だ。巨体が痙攣（けいれん）するように震えて、全身の脂肪が波打っている。

「滑稽だ。私は、きみが警察に行くのを恐れて、できるかぎり外国にいた。司法の手から逃げやすいように。母国の土地を避けて生きようとした。いつも不安で、悪夢で飛び起きることもあった。それなのに、ずっと記憶がなかっただなんて。まるで幻影に怯えていたようなものだ」

彼の目は焦点がさだまっておらず、片方はまぶたが下がって半目の状態だ。炎のゆらめきのせいで陰影が変化し、そう見えるだけなのかもしれないが。

「もう十分だ。もう十分。ようやく私も安眠できる。恐れずに日本に帰国できるようになるだろう」

彼はそう言うと、テーブルの上に、ナイフを握りしめた手を出す。新品の刃物が炎を反射してかがやいていた。

何か対話を。時間かせぎを。僕はあせった。

もうすこしだけ時間がひつようだ。数分か、数十秒か、それはよくわからないが。

「質問したいことが」

僕はとにかく話しかける。

「どうして僕が、二十年前の少年だってわかったんですか？　あのとき目が合ったのは、一瞬だけだったはずでしょう？」

「名前だ。きみのお母さんの名前が婚姻届に記入されていた」

「母の？」

「きみは財布を落としていっただろう？　きみのお母さんの運転免許証が入っていた。その名前を私はおぼえていたんだ」

腹に貼り付けておいた長財布のことだろうか。僕はそれをどこかで無くしてしまったようだが、彼に拾われていたらしい。

「これまでの、いろいろな苦労が、頭をよぎるよ。私はようやく、不安から解放されるんだ。二十年ぶりに安眠できそうだ」

巨体の影が、のそりと立ち上がる。床が彼の重みでたわみ、波打つ。

僕の方に近づいてくる。鳥肌が立った。彼の目が暗い。一歩を踏み出して、僕の方に近づいてくる。

何か時間かせぎを。そうかんがえたとき、突然、そのひつようはなくなった。背中側で両手首を縛っていたビニール紐が、ようやく切れたのだ。

拘束を解くのに利用したガラスの破片は、僕の靴の裏側にくっついていた。会話の最中に手探りでそれをはがし、ビニール紐に角をあてて擦っていたのだ。これまでに何回かこの廃屋には来たことがあり、廊下にガラスの破片が落ちていることはわかっていた。車のトランクから廃屋まで移動する間、靴裏のガムによけいなものがつかないように、足を引きずってあるいたのが良かったのかもしれない。うまくいけば、運動公園で踏んでしまったガムが、ガラスの破片を回収してくれるのではと期待して踏みしめたのだが、僕はその賭けに勝っていた。

　拘束が解けたことに気づかないまま、西園幸毅が近づいてくる。ナイフを持った彼と戦おうなどとはおもわない。僕がやるべきことはここから逃げ出すことだ。全力で走って彼から距離をとる。あとは警察が何とかしてくれる。長時間、トランクに押しこめられていたせいで膝がすこし痛いけど、走れないほどじゃない。

「東北の震災のときは大変だったんじゃないか？　きみの実家のある地域も津波が押し寄せてきたはずだ」

　テーブルをまわりこんで巨体がちかづいてくる。山のような大きさだ。口もとが笑みの形になると、頰の肉が盛り上がり、炎による陰影がくっきりと浮かび上がる。

「私も行ったことがあるんだ、きみの住んでいた町に。遠くからきみの家を観察させてもらった。運転免許証に住所が載っていたから、探すのはかんたんだった。目撃者のきみを殺そうとかんがえたんだ。結局、失敗におわったがね。試みたのは、あの一度きりだ。その後すぐに国外へ逃げたから」

　彼が何の話をしているのかが、すぐにはわからなかった。

「あれは確か、一九九九年の夏のことだったよな……」

その年の夏に何が起きたのかは、忘れるはずもない。

僕は突然、理解した。

彼がしたことを。

一九九九

車内の冷房を強めにきかせて、田園風景をながめながら西園幸毅は運転していた。沿岸部に古くからある住宅地だ。目的の住所を見つけて、すこしはなれた路肩に車を停止させる。長時間の駐車が目立つようだったら他の場所へ移動するつもりだった。

助手席に女性用の長財布と運転免許証が置かれている。【下野加奈子】の免許証に記載されている住所には、木造二階建ての家屋があった。幸毅は運転席から双眼鏡で表札を確認した。しばらくすると女が玄関から出てきてほうきで掃き始める。免許証の顔写真の女だとわかった。

二階の窓辺に洗濯物が干してある。そこから家族構成を推測した。夫婦と二人の子どもの四人家族といったところだろう。子どもはどちらも男。上の子は中学生か高校生。下の子は小学生で、たぶん野球をやっている。ユニフォームが物干し竿でゆれていた。

鎌倉で自分と目が合ったのはこの家の子だろうか。幸毅はまだ確信が持てなかった。宮城県に住んでいる少年が、なぜ神奈川県鎌倉市にいたのか、あまりにも不可解だ。警察もまだその正体を特定できてはいないらしい。この家に住む少年の名前は何というのだろう。近所の人に話しかけて聞いてみればわかるだろうか。しかし、そうすることはためらわれた。

自分の太った体は目立つ。できるだけ車から降りないほうがいいだろう。だれの目にも触れず、印象をのこさずに、この町を立ち去るのが望ましい。

やがて男の子が家から出てきた。しかし例の少年ではない。背が高く、髪も長めで、眼鏡をかけている。彼はどこかへ出かけるらしく、自転車を車庫からひっぱりだして、すぐにいなくなった。

さらに退屈な時間が過ぎて、別の少年が屋内から出てくる。一目見て、わかった。野球少年らしい丸刈りの頭に、俊敏そうな体つきの男の子だ。ユニフォーム姿ではないから、今日は練習がないのだろう。どこか近所へ遊びにいくらしい。自転車に乗って出発する。車のエンジンをかけて、ひそかに彼を追った。

田園地帯に直線道路の交わる場所があり、そこで少年を轢いた。スピードを上げて後ろから追突する。軽い衝撃とともに、彼の体と自転車が吹っ飛んだ。肩をひしゃげさせながら、路面を転がる。死んだか？　確認のために車を徐行させ、倒れている少年のそばで停止させる。

　どうやら生きている。路面に血が広がりはじめた。放っておけばそのうち死ぬのかもしれないが、どうする？　もう一度轢いて、完全に息の根を止めるべきだろうか？

　そもそも、殺す必要はあるのか？

　いや、ある。この少年はあの日、見てはならないものを目撃した。この三ヶ月ほどの間、警察に通報しなかったのは、ただの気まぐれにちがいない。だれかに話す前に口を封じておいたほうがいいはずだ。少年があのことを証言すれば、警察の疑いが自分に向くことはまちがいない。

　悲鳴が聞こえた。すこしはなれた水田の真ん中あたりで人が作業している。少年のはねられた音に気づいて、こちらに来ようとしていた。幸毅は逃亡を選んだ。

　へこんでいるフロント部分をできるだけ目撃されないように、交通量のすくない道を事前にしらべておいた。運転中、幸毅はハンドルに八つ当たりした。

　あの後、救急車が到着する前に少年が死んだのであれば問題ない。しかし、さきほどの様子では、少年は助かったのではないかとおもえる。

　搬送先の病院を調べて確認すべきだろうか？

いや、もういい。一刻も早く、この土地から遠ざかりたかった。目撃者を消すための試みを何度もためそうとはおもわない。一度だけやってみて失敗したらあきらめるつもりでいた。

山間部の寂れたレストランの駐車場に移動する。手配しておいた業者がそこに待機していたので、彼らに車を受け渡し、別の車で東京へもどった。彼らは特別なルートで契約した車の解体業者だ。警察に連絡が行く可能性はすくない。しかし安心はできなかった……。

二〇一九

「あれからしばらくして、私は日本を離れることにした。逃げたんだよ」

西園幸毅がまた一歩ちかづいた。彼の頬やお腹の肉が上下にゆれる。僕の顔を見て彼は満足そうだ。

「理解したみたいだな？」

　血の気が引いて、頭が冷たくなる。しかしそれも一瞬だ。胸が張り裂けそうな感情の爆発が起きた。ほとばしるように声が出て、今度は熱が頭の中を支配する。

　運転手は逃げた。そのことはしっている。家族や警察が深刻な顔をして話していた。だけど僕はその犯人のことを深くかんがえていなかった。事故は逃れられない運命そのものであり、神様がそのシナリオを書いたからそうなったのだとあきらめていた。しかしあの事故は二十年前の事件とつながっていた。僕の肩が壊れ、野球選手になるという夢が潰えたのは、神様の仕業ではない。目の前にいるこの男の個人的な企みのせいだった。

　体がうごいた。椅子を蹴って立ち上がり、殴りかかる。右の拳が命中する寸前、そいつがおどろいたように目を見張った。僕の両腕の拘束が解けていることに気づいたらしい。

分厚い脂肪におおわれた顔の側面に、僕の拳がめりこんだ。衝撃で肉をふるわせながら彼の首が半回転する。不意打ちは完璧に決まった。

視界の端で、何かがキャンドルの光を反射した。彼の握りしめているナイフが、僕の胸の辺りをねらって突き出されていた。体をねじると、服の一部を引っかけてナイフは脇をかすめる。

西園幸毅は半歩ほど距離をとった。殴られた箇所を気にしながら僕をにらむ。象のように穏やかな目はもうない。人間とはおもえない、つり上がった目だ。歯をむきだしにさせ、皮下脂肪のついた頬が持ち上がったせいで、両目が細い線のようになる。

僕は突進する。ナイフへの恐怖心はない。頭の中にあるのは煮えたぎる感情だけだ。

こいつは僕の敵だ。今までは小春の両親の敵(かたき)をとるために行動していたが、そうじゃない。僕の人生をかけて追い詰めるべき敵だった。

全体重をのせて肩からぶつかる。押し倒して馬乗りになるつもりだった。しかし彼はすこし体をふらつかせただけだ。彼の巨体は僕の体重を容易く受け止めてしまう。まるで巨大な牛を相手にしているかのようだ。

彼の膝が僕の腹を抉った。息が出来ずにうごけなくなる。

ナイフの気配を感じた。壁に投影された彼のシルエットが見えた。

咄嗟に頭を低くして、テーブルの下へともぐりこんだ。

そいつの腕が、テーブルの下にのばされ、僕をつかまえようとする。反対側へ逃げると辺りが暗くなった。キャンドルの火が消えたらしい。同時に頭上からテーブルの存在感もなくなった。騒々しい音をたてながらテーブルが横倒しになる。西園幸毅が持ち上げて退けたのだ。

真っ暗になった室内を、はうようにして彼から距離をとる。ダイニングとリビングのつながった広い部屋だ。かつてソファーやテレビのあった方向へと移動して体勢を整える。

西園幸毅の巨体が闇と同化し、どこにいるのかわからない。しかしそれは相手も同じようだった。テーブルに置かれていた懐中電灯もどこに転がっているのかわからない。

激しい運動のあとで呼吸もあらい。二人分の息づかいが暗闇の中にある。僕はリビングの壁際に身を寄せた。
すこしだけ冷静になる。まずは生きのこることをかんがえるべきだ。
玄関へ移動してこの場を離脱する。素手で立ち向かうと命が危うい。
床の上に手をはわせると、割れた食器の欠片（かけら）のようなものが見つかる。そいつを
つまんで、リビングの奥まった方へ放り投げた。壁に当たって硬い音がする。
床板の軋みが、音のした方へと遠ざかる。今のうちだ。
彼と反対方向へと移動する。僕が乗っても床板は軋まない。夢を奪った張本人を
前に、何もできずに撤退しなくてはいけないなんて。立ち向かい、殴ることができ
たけれど、それではあまりに足りなかった。
いつのまにか雨がおさまっている。雨雲が風で流れたらしい。
月明かりがさして、窓の外がほのかに明るくなった。暗闇に目が慣れはじめた頃
合いだったので、室内の様子がほんのすこしだけわかるようになる。
彼の巨体の輪郭がうっすらと闇の奥に把握できた。むこうもそうだったのだろう。
僕のすぐ横に、はめ殺しの大きな窓があり、外が明るくなれば僕の姿は、はっきり
と浮かび上がったはずだ。
見つけた。彼の声が聞こえたような気がした。

巨体の影が無言で迫ってきたかとおもうと、逃げようとした僕の体にぶつかる。その勢いのまま、窓ガラスを突き破って僕たちは外に転がった。

水たまりに飛沫をあげながら倒れ込む。ガラスの破片が周囲に散らばった。雨上がりの空が頭上に広がっている。体当たりの衝撃ですぐには起き上がることができない。

月明かりの中に巨体が進み出てきた。西園幸毅はよろめいていたが、ダメージは負っていないようだ。両手を見て、何かをさがしている。さきほどまで持っていたナイフが見当たらない。窓を破って転がったとき、どこかへ落としたらしい。

僕が呻いていると、彼がちかづいてきた。水たまりにのびている僕の左足首を彼が踏む。全体重を乗せたのがわかった。骨が砕けて、頭の中に火花が飛ぶような痛みが駆け抜ける。悲鳴が漏れ、痛みで意識が一瞬、途絶えそうになった。

「走って逃げることはできなくなったな」

朦朧としてしまったせいか、その声は膜をはったみたいに遠くから聞こえる。怖かった。泥の上を這いずって距離をおこうとする。しかし彼はぐるりと僕の進む先にまわりこんで中腰になる。

「どこへ行くつもりだ？」

方向転換して彼のいない方へとむかう。めまいがして、視界がゆがむ。雨でぬかるんだ地面をつかむようにしながら逃げようとする。恐怖の対象からすこしでも距離をとりたかった。苦痛のせいで、熱した鉄を流しこまれたように頭の中が熱い。耳元の血管が脈打っているのがわかる。

西園家の家屋がすぐそばにあった。割れたリビングの窓。その横に壁がつづいている。泥水に頬をつけるようにしながら、地面を這う虫のように移動する。

彼の言う通り、この足ではどこにも行けやしない。僕はもう逃げることなんかできないのだ。

西園幸毅は後ろからゆっくりと僕を追いかけてくると、壊れた左足首をつま先で蹴り飛ばした。

肺の中にあった息が絞り出される。意識を保つのに苦労した。彼が何かをしゃべっているが、ほとんど耳に入らない。

いつのまにか僕は鼻血を出している。それが泥水とまじりあった。

西園幸毅が蹴りつけては呼びかける。返事をする余裕はもうない。言葉を理解することも無理だ。巨体が脂肪を震わせながら僕を見下ろしている。

西園家の外壁にたどり着いた。壁の下はコンクリートの土台だ。外壁にそって這っていく。そこにエアコンの室外機が設置してある。その壁との隙間にむかって僕は手を突っ込んだ。泥や埃が、雨とまじりあって堆積している。

もしかしたら、という期待があった。二十年前の事件の資料を穴が空くほど読み、すべてを暗記していたが、あの記述はどこにもなかったはずだ。警察の現場検証で見落としがあったのかもしれない。発見されてはいたが、事件とは何の関係もないものと判断され、資料にも載らなかったのだろうか。いや、幼かった小春が、そこまで詳細なことを大人たちに話していなかった可能性もある。警察の実況見分は死体のあった周辺に重点がおかれ、このあたりは見逃されていたのかもしれない。それなら、アイスピックはまだ、ここにある。

主観時間でまだ数時間前のことだからよくおぼえている。犯人との乱闘の中で、僕はその武器を失った。書斎の窓の外へ捨てられてしまい、一階の外壁沿いに設置してあるエアコンの室外機の上に転がった後、壁との隙間に入りこんだのを僕は見ていた。

あった。室外機と壁の隙間で、僕の手は棒状のものに触れる。二十年が経過しても、腐食がすすんで折れることなく、柄には長いニードルがくっついていた。

僕は腕を引き抜いて、西園幸毅の方に向き直る。上半身だけ起こして体をひねり、そのお腹にむかってアイスピックを突きだした。膨らんだ丸みの、ちょうど臍のあたりに先端が刺さり、多少の抵抗はあったものの、体重をかけると滑り込むように柄の部分まで入りこんだ。

時間が止まったように感じられる。彼の表情を見上げると、あっけにとられたような顔をしていた。僕は柄を握りしめたままだったから、臍のあたりに握り拳をそえているだけのようにも見えただろう。

すぐに表情がゆがみ、鼓膜がやぶれるほどの声が響く。僕はアイスピックを引き抜いた。西園幸毅はお腹を押さえ、小刻みに震えだす。今にも吐きそうな表情だ。

彼が僕を殴ろうとする。岩石みたいな握り拳が僕の顔にむかってくる。まともにくらったら意識はもたない。

片足で立ち上がりながら、もう一度、アイスピックを突き出す。姿勢を崩した状態からだったので、当たるかどうかわからなかったが、彼の顔面に当たった。

金属の硬い音がして、ニードル部分の折れた感触がある。

彼の拳は僕の顔のすぐそばをよぎっていく。助かったという安堵があった。

しかし僕の手の中にあるのは、アイスピックの柄だけだ。どうやらここまでのようだ。

僕は力つきて倒れ込む。もう反撃できるほどの体力はなかった。

西園幸毅が見下ろしていた。倒れている僕のそばに膝をついて、僕の首を絞めはじめた。

抵抗できずにされるがままだった。

しかしやがて、彼の手から力が抜けていく。どろりとした血が、彼の鼻孔からあふれ出ていた。彼の体がゆっくりと横に傾きはじめたかとおもうと、脂肪を震わせながら泥水の中に沈んだ。後に聞いた話によると、アイスピックの折れたニードル部分が、鼻孔から入って眼球の裏側を通り抜け、脳に達していたという。

エピローグ

二〇一九

少年がバットを振り抜いた瞬間、きん、と澄んだ高い音が青空に響いた。ボールは雲間へ吸いこまれるようにどこまでも飛んでいく。気持ちのいいホームランだった。出塁していた少年たちが次々とホームにもどり、ホームランを打った少年も悠々と一周する。

ピッチャーの少年はうつむいていた。僕は彼の方に自分をかさねてしまう。まともに野球ができていた頃、僕も彼のようにホームランを打たれたことがある。

入院中の僕が退屈そうにしていたため、兄が外出許可をとり、車椅子で連れ出してくれた。左足はガチガチにギプスで固められている。病院の敷地を出て散歩していたら、小学校のグラウンドで少年野球の練習試合が行われていたのだ。僕たちはそれを金網越しにながめていた。

ピッチャーは次のバッターを三振でアウトに抑える。攻守が交代になったタイミングで、兄がタブレット端末を取り出した。

「そういえば、これ」

「小春から聞いてる。こういうの、やめろよ」

タブレットの画面には、僕と小春の写真が表示されている。噴水のそばで話している場面や、スカイツリーの観光をしている場面だ。しかし自分にはそのときの記憶がない。いや、主観時間において大昔の出来事だから記憶がうすれているというべきだろうか。そこに写っているのは今の自分だが、中身は十一歳の自分なのだ。

「遠くから見てたけどな、おまえの表情とか仕草とか、落ち着きなかったぞ」

「だろうね。まだ、子どもだったんだ」

写真の中の風景に、白色の綿毛が飛んでいる。その光景もすでになつかしい。もうすっかり、世間の人々は、洗濯物に綿毛がつく心配をしなくても良くなった。結局、綿毛の発生源は今も不明のままだという。もしかしたら空の上のどこかに、時空をこえるトンネルのようなものがあり、風に乗ってそのむこうから流れてくるのではないかと想像してしまう。

タブレット端末を操作していると、僕と小春がくちびるを重ねている写真を発見したので削除した。兄があわてた様子を見せないので、すでにデータの複製でもあるのだろうか。

「小春ちゃんはうれしがってたぞ。データがほしいってたのまれたんだ」

兄はそう言って、すこしの間、無言になる。

「……小春ちゃん、はやく元気になるといいな」

キン、と音がして野球のボールが飛ぶ。外野の少年が駆けてゆきボールをキャッチする。僕はタブレット端末を兄に返した。少年たちはみんなかがやいていた。全力で白球を追いかける。それを見ているだけで胸に熱いものがこみあげてきた。

「兄貴」

「なんだ？」

「ずいぶん稼いだけど、ボーナスタイムは終わりだ。潮時だってこと、わかってる？」

「事務所は畳もうとおもってるよ。お前のノートに書かれていた範囲の、その先に来ちまったんだ。もう今までのようには勝てないだろうし、この辺で終わりにする。例の件も話し合いが済んでるよ。後は契約書にサインするだけだ」

兄に買い物を頼んでいた。投資の情報をもたらして兄に稼いでもらったのは、東北の震災に備えるためと、もうひとつ、このためだったのかもしれない。

僕が買ったのは映画『たんぽぽ娘』の権利だ。小春の父親の死後、会社が吸収合併されると同時に他人の手にわたっていたものを、彼女にプレゼントしようとおもっていた。両親が関わっている大事な作品だと聞いている。

「ありがとう、兄貴」

権利を所有する会社との話し合いは面倒だったにちがいない。西園幸毅は自分の兄に憎しみを抱いていたが、僕は兄に感謝ばかりしている。

「いいよ別に。そうだ、忘れてた。腕時計の件なんだが」

「腕時計？」

心当たりがなかった。兄は上着のポケットから見覚えのある腕時計を出す。

「ああ、それ、盗まれたやつだ」

十月二十一日、ベンチに座っていた僕は何者かに後頭部を殴られた。小春の報告によれば三人組の若者だったという。彼らは僕の財布と腕時計を盗んで逃げていった。意識が時間を越えて少年時代にジャンプするきっかけとなった出来事だ。

「見つかったぞ、これ」

「もどってくるとはおもわなかった」

財布と腕時計が盗まれることは事前にわかっていたので、あらかじめ安物を所持しておいたのだ。

「財布の方は行方不明だが、腕時計は都内の質屋で見つかった。店のカメラの記録から、若者の一人が特定できたらしい。そのうち三人とも身元がわかるはずだ。後は警察にまかせよう」

盗まれていた腕時計を手首に巻く。安物にはちがいないが、一見すると高級に見えるような、シルバーのごつい腕時計だ。ひんやりとした金属製の肌触りと重みがある。

耳にあてると、秒針が時を刻む音がした。規則的に、一定のはやさで、よどむことなく時間が流れている。過去から未来へ。正常な時間の進み方だ。

観測された時空は過ぎ去り、僕の人生にまともな時間がもどってきたのだ。秒針の音を聞き、人生のいくつかの瞬間が頭の中にうかぶ。

十一歳のときに一日だけ二十年後の未来を垣間見て、西園小春に出会い、右肩の怪我に絶望し、自分が父親になることをしった。

元の時代にもどると、有益な情報の書かれたノートを参考に兄が投資をはじめた。僕は西園小春に再会し、事件解決のための備えをおこなった。

あっという間のようであり、長かったようにも感じる。

「これから何をして暮らそう」

「リハビリだろ」

「それはそうだけど」

ピッチャーの投げたボールが、小気味のいい音をたててミットにおさまる。

ゲームセットが告げられ、試合は終了した。


西園幸毅の命を奪ったことについては正当防衛が成立した。しかしあの晩のことを夢に見て飛び起きることがある。全身に汗をかき心臓が早鐘を打った。頻繁に警察が病室までやってきて僕は事情聴取を受けた。その間、小春は廊下に立っていた。彼女は最近、おもいつめた顔をするようになった。事件解決をよろこぶ雰囲気はなく、信頼していた身内の裏切りが彼女に衝撃をあたえていた。入院生活がはじまってからもずっと彼女はつきっきりでいてくれるが、とても疲弊している。僕のことはいいから自宅で休んでほしいと頼みこまなくてはいけないほどだ。

西園幸毅の動機が、彼女の父親の行いに起因する可能性については、ひとまず黙っていた。小春は父親を慕っていたから、精神状態にどのような影響をあたえるのかが心配だったのだ。時間をおいて、いつかすべてを話そうとはおもっているが、今すぐでなくてもいいだろう。

あの晩、警察と消防に通報したのは彼女だった。小春は何時間も僕を捜し回ってくれた。兄の写真がきっかけとなって、運動公園に叔父がいたらしいことを察した彼女は、くり返し叔父に連絡を試みていた。しかし西園幸毅はその連絡を無視して、携帯電話をレンタカーの車内に放置していたようだ。

西園幸毅が水たまりに沈んでうごかなくなった後、僕は意識を失いかけていたが、車の方から聞こえてくる、ほんのかすかな着信メロディーに気づいた。なんとか車まで這って、携帯電話を見つけ、液晶画面に小春の名前が表示されているのを見たところまでは記憶にある。そこから先はあまり憶えていないが、僕は通話ボタンを押し、鎌倉にいることを告げて意識を失ったらしい。

彼女はおどろいたことだろう。叔父の電話がようやくつながったとおもったら、今にも息絶えそうな状態の僕が出たのだから。

緊急搬送された鎌倉市の病院で僕はひとまず回復し、彼女と対面した後に何があったのかを説明することができた。最初はおどろいて何かのまちがいではないかと彼女は言っていたが、最終的には僕の話を信じてくれた。

松葉杖（まつばづえ）で移動できるようになると、西園小春に付き添ってもらい、病院の屋上へ行ってみた。風の強い日だったので、干してある洗濯物の白いシーツがあおられ、ゆれていた。

病院は山の斜面に建っており、麓の町が広々と見渡せる。屋上を囲む柵によりかかって体を休ませた。左足のギプスが重かったので地面につける。衝撃をあたえなければ痛みはない。

「ねえ、蓮司君」

「ん？」

彼女は鞄から一枚の紙切れを出した。婚姻届だ。僕たちの名前が記入してある。証人の欄も埋まっていた。高級レストランで西園幸毅を交えて作成したものだ。

彼女はおもむろに、それを引き裂いた。

「ちょっと、小春さん？」

僕は彼女のことをいつも呼び捨てにしていたが、おどろいてしまい、おもわず【さん】をつけてしまう。彼女はさらに何回も婚姻届を破ってこまかな紙片にする。

確かに、証人の項目に殺人事件の容疑者の名前があるというのは問題かもしれない。縁起が悪いだろう。いや、それ以前に彼は死んでしまった。書類として不備があるのではないか。役所に提出しても受理されないのかもしれない。ということは引き裂いても別にいいのだろうか。

「最近、ずっとかんがえてた。こうするべきだって」

彼女は屋上から紙片をばらまいた。風がさらって空へ連れて行き、見えなくなる。

今にも泣きそうな目で小春が僕を振り返った。

「ごめんなさい、今まで迷惑をかけて。蓮司君の交通事故、私のせいだったんだ。

そうおもうと、申し訳なくて」

「小春のせいじゃないよ」

「私を助けにこなければ、蓮司君は野球を続けられたかもしれない」

僕を轢いた交通事故の犯人は西園幸毅だった。その情報は共有している。だから

彼女は悩んでいたようだ。

「私はね、蓮司君、あなたの前から消えようとおもった」

「え、消える？　じゃあ、子どもは？」

彼女のお腹を見つめる。妊娠中とはいえ、まだ膨らんではいない。

風が彼女の髪を荒くゆらして頰に張りつける。

「産んで一人で育てることもかんがえた。でも、それじゃあ蓮司君に迷惑をかける

とおもった。自分の子どもがどこかで生きて暮らしているだなんて嫌でしょう？

だから、産まない方がいいんじゃないかとおもってる。つまり、中絶手術をするっていうこと」

二十二週目未満まではそうすることも可能だと聞いたことがある。

しかし自分たちには無関係な選択だとおもっていた。

今、彼女のお腹の中には、胎児の状態で僕たちの子どもがいる。健康な状態で生まれてくれることばかりかんがえていた。だけど、やっぱり産まないと彼女は言う。

その決断はつまり、僕たちの子どもが、死ぬという意味だ。

冷静なふりをしながら、僕は混乱していた。

十一歳で未来を垣間見て、自分もいつか父親になるのだとしった。はじめは不安しかなかったが、大人になるにつれて、それはよろこびに変わっていった。

まだ見たことのない子どもの顔は、まだ見たことのない未来の象徴だった。

「今はもう自分の責任で未来を選べる。観測済みの時間はおわったんだから、自分の意思で、子どもを産まずに、あなたとは別々の道を行くことだってできる」

小春はやつれていて、妊娠中だというのに、以前よりもやせて見えた。

僕は未来を観たことで、自分の結婚相手と、子どもができるタイミングがわかった気になっていた。自分の将来が勝手に決められていたようで窮屈なおもいがあった。

だけど観測済みの時間が過ぎれば、それはこんなにもあっけなく消え去ろうとしている。

西園小春という女性のことを自分が心から愛しているのかどうか自信が持てなくて不安になったこともある。彼女と恋愛関係に陥ったのは自分の感情の発露ではなく、神様の書いたシナリオにただ従っているだけなんじゃないかとおもえたのだ。自分がどのような思いを抱いたとしても、観測した未来に行き着くのなら、恋愛関係を結んでいる自分の心というものに、うたがいがあった。

だけど今はもうちがう。その確信を持って、僕は首を横にふった。

「いや、おわってないよ。観測済みの時間はまだつづいてる」

彼女はおどろいたように僕を見る。

「実は言ってなかったけど、今もまだおかしな現象がつづいてるんだ。意識が過去や未来にジャンプするってほどはっきりしたものじゃないけど。目をつむると、すこしだけ未来が見えるんだよ。こういうの、未来予知っていうのかもしれない」

「嘘でしょう？」

「嘘じゃないよ。ほら、こんな風に」

　僕は目を閉じる。まぶたに覆われて視界は暗闇に塗りつぶされた。

　意識を集中させ、暗闇の向こうを見つめる。

「ああ、ほら、だんだん、見えてきた。最初は、ぼんやりしてるんだ。でも、すこしずつ輪郭がはっきりしてくる。すこしだけ先の未来が、こうしてると見えてくるんだ。どんな未来かというと、僕と小春がソファーに座ってテレビを見てる。でも、二人だけじゃない。僕たちの間にはもう一人、小さいのがいるんだ。たぶん僕たちは家族になってる。小さいのは、もしかしたらもっと増えるかもしれないけど、それはまだはっきりとは見えないな。男の子か女の子かもわからないけど、幸せそうな家族なのは、まちがいない。僕には、そういう未来が見えている」

　もしかしたら全員にそういう力があるのかもしれない。

　目を閉じて、自分の望む未来をイメージしたら、本当にそうなるのだ。

　僕たちは幸せになれる。三人で家族になるのだ。

　強く念じながら、言葉に出せばいい。きっと世界はその方向にうごいていく。

　観測されていない未来では、あらゆることが起きる。僕たちが望む世界が、きっと訪れる。

　僕はおそるおそる目を開けた。

小春が顔を覆って泣いていた。

解説

大森　望

「すると、タイムマシンでこちらに来たわけか」

「ええ。父が発明したんです」

マークはまじまじと女を見つめた。こんなに底意のない表情を見るのははじめてだった。「ここへはよく来るんですか？」

「ええ、しょっちゅう。ここはわたしのいちばん好きな時空座標なんですもの。何時間も立って、もう、ただ、うっとり見とれていたりして。おとといは兎を見たわ、きのうは鹿、今日はあなた」

――ロバート・F・ヤング「たんぽぽ娘」より
（伊藤典夫訳／河出文庫『たんぽぽ娘』所収）

ロマンスにはタイムトラベルがよく似合う。

SFのオールタイムベストでつねに上位を争うロバート・A・ハインライン『夏への扉』を筆頭に、これまで数々の時間SFロマンスが書かれてきた。ロバート・ネイサン『ジェニーの肖像』や、それにオマージュを捧げた恩田陸『ライオンハート』。半村良「およね平吉時穴道行」。梶尾真治『クロノス・ジョウンターの伝説』……。何度となく映像化されている筒井康隆『時をかける少女』や、七月隆文『ぼくは明日、昨日のきみとデートする』を思い出す人も多いだろう。中には、〝時を超えた文通〟を扱うジャック・フィニイ「愛の手紙」（別題「机の中のラブレター」）や、韓国映画（およびそのハリウッド版リメイク）の『イルマーレ』のように狭義のタイムトラベルが出てこないものもある。

本書『ダンデライオン』も、運命的な恋と、時を超えた冒険をミックスさせたタイムトラベル・ロマンス（時間SFロマンス）のひとつ。

本書の場合、たしかにタイムトラベルはするのだが、タイムマシンや時間の抜け穴を使って物理的に移動するわけではない。

主人公の下野蓮司は、十一歳のある日、二十年未来の自分と、一日だけ意識が入れ替わった経験を持つ。二十年後のいま、今度は三十一歳の蓮司の意識が時間を遡り、十一歳の自分の体に入る時がやってくる。二十年の間に、蓮司は完璧な準備を整えていた。その目的は、愛する人を救い、ある事件の犯人を突き止めること……。

大人側で入れ替わりが起きるのは、二〇一九年十月二十一日、午前零時四分。小学生のころ使っていたノートには、かつて自分が記した（あるいは、これから記すことになる）こんなメモが残っている。

『ベンチで待機／パトカーの音／犬が三度鳴く／背後から殴られる』

ほんとうにこのメモに書かれたとおりのことが起きて、三十一歳の蓮司の意識は二十年前の自分の体にタイムリープするのか？

一方、十一歳の下野蓮司は、少年野球チームの練習試合の最中、打球を頭に受けて気を失う。次に目覚めると、そこは病院。しかも、とつぜん大人の体になっている。とまどう蓮司の前に、西園小春という女性が現れ、私はもうすぐ蓮司君と結婚するのだと告げる……。

本書では、〝観測〟された事実（確定した過去）は原則として変えられないという設定なので、時間SFの分類上では、決定論型のタイムトラベルものということになる。過去を変えられないんだったら、昔に戻ってもしかたないんじゃないかと思うかもしれませんが、そんなことはない。人生には観測されていない事実が無数にあり、過去を知ることでこれからの人生を変えることができる。今世紀最高の時間SF短編のひとつとして高く評価されているテッド・チャンのヒューゴー賞・ネビュラ賞受賞作「商人と錬金術師の門」（早川書房『息吹』所収）は、時の門をくぐって過去へ赴くことで人生の真実を知り、みずからの過去と折り合いをつけることを感動的に描いている。

本書の場合にも、起きてしまった悲劇をなかったことにはできないにしても、過去の事件の裏側にある真実を探り当てることが時間旅行の大目的になる。その意味では、小説の構造はSFよりもミステリーに近い。意識の入れ替わりがなぜ、どのようにして起こるかということよりも、未来の知識を生かして過去でどう行動し、犯人を追いつめるかが主人公にとって主眼になるし、作者にとっては、すでに起きてしまったことを変えないまま（手の内を明かしたまま）、どうやって読者にサプライズを与えるかが作劇上のテーマになってくる。変形した倒叙ミステリーと言ってもいいかもしれない。

単行本刊行時の版元サイトでは、「ミリ単位でひかれた、切なさの設計図。著者だからこそできた、完全犯罪のような青春ミステリーの誕生」というキャッチコピーが使われていたが、本書は、まさに本格ミステリーのように細心の注意を払って緻密に組み立てられている。

実際、過去を改変できないタイプのタイムトラベル・ロマンスにはミステリーとしても高く評価される名作が多い。日本SFのオールタイムベストにも数えられる広瀬正の往年の名作『マイナス・ゼロ』（集英社文庫）がその代表だろう。

もっとも、本書が直接オマージュを捧げているのは、ロバート・F・ヤングの名作「たんぽぽ娘」。主人公の弁護士マークは四十四歳の既婚男性。妻が陪審員として思いがけず裁判に召喚されたため、ひとりで休暇を過ごしている。そこで出会ったのがたんぽぽ色の髪をして白いドレスを着た少女（といっても二十一歳ですが）ジュリー。二百四十年後の未来からやってきたと、彼女は言う。それに続くのが、この解説の冒頭に引用したやりとり。中でも、本書にも出てくる「おとといは兎を見たわ、きのうは鹿、今日はあなた」という一節は、恋愛ゲームの名作『CLANNAD』とか、三上延のベストセラー『ビブリア古書堂の事件手帖3』（および同シリーズを原作とする剛力彩芽主演のTVドラマ）とか、さまざまな作品に引用されている。日本人読者にとっては、古今東西のSF小説の名台詞（めいぜりふ）中でも、これがいちばん有名かもしれない。ラストには鮮やかなツイストも決まる。

原作小説はわずか二十ページ少々の短編だが、邦訳を収録した本が長く入手困難だったため、古書価が急騰し、一時は十万円の値もついたほど。その「たんぽぽ娘」に敬意を表して、本書ではダンデライオン（dandelion＝たんぽぽ）というタイトルが選ばれ、作中では白い綿毛が舞い、西園小春の父親が出資し母親が脚本を書いて「たんぽぽ娘」が一九八〇年代の日本で映画化されたという設定になっている。すでに歴史は変わっている？　『夏への扉』が二〇二一年に日本で映画化されたことを思えば、そうなっていた可能性はじゅうぶんありそうだ。

本書は、中田永一の七年ぶりの長編小説として書き下ろされ、二〇一八年十月に小学館から単行本で刊行された。そのとき、日販の出版情報ウェブサイトに著者が寄稿したエッセイによれば、『ダンデライオン』の原点には、もうひとつ、べつの作品があったらしい。著者いわく、

〈タイムリープ（時間跳躍）を題材にした物語が僕は大好きです。10代のころに高畑京一郎先生の『タイム・リープ　あしたはきのう』を読んだとき、あまりのおもしろさに眠れなくなりました。時間を飛びこえて、少年と少女が出会ったりして、ちょっとした事件に巻きこまれたりする、そういう物語を自分もいつか書きたいと

おもっていました。だから、今回『ダンデライオン』を出版できたことを誇らしくおもいます〉

今関あきよし監督、佐藤藍子主演で映画化もされた高畑京一郎『タイム・リープあしたはきのう』（一九九五年、メディアワークス。のち、電撃文庫）は、意識だけのタイムスリップを扱った時間SFの中でも、もっともエレガントな小説のひとつ。『時かけ』現代版であると同時に、〝タイムリープ〟（時間跳躍）という用語を広く世に知らしめた作品だと言ってもいい。ヒロインの鹿島翔香は高校二年生。彼女はある日、きのうの記憶が欠落していることに気づく。あわてて日記を開いてみると、そこには書いた覚えのない文章が自分の筆跡で記されていた。

『あなたは今、混乱している。あなたの身になにが起こったのか、これからなにが起こるのか、それはまだ教えられない。あなたが相談していいのは、若松くんだけよ。若松くんに相談なさい。彼は頼りになる人だから。』

とまどいながらも、同じクラスの秀才、若松和彦に悩みを打ち明ける翔香。どうやら翔香の意識はランダムに日付をジャンプしているらしい……。

時間リープのメカニズムは謎のままだが、和彦はそこに法則性を発見し、独力で対策を考え出す。このあたりはまるでパズルを解くような感覚で、一種のSFミステリーとしても読める。このパズル感覚の面白さを「たんぽぽ娘」のテーマ〈運命の恋〉と結びつけ、著者なりに再構築したのが『ダンデライオン』だと言ってもいい。

しかし、同じエッセイによれば、本書はもともと小説として構想されたものではなく、本来は映画の脚本だったという。書き上げたのは二〇一三年。映画会社に持ち込み、先方のアドバイスにしたがって二十回前後も改稿を重ねるが、けっきょく出資者が見つからず、映画化の企画は暗礁に乗り上げる。だが、〈このまま忘れ去るのはもったいないという気持ちがあり、一念発起して小説版を執筆した〉という。小説なら予算のことも上映時間のことも考えず、好き勝手にシーンを追加できる。こうして、〈時間をかけて練りに練り込まれてしまったパズルのようなタイムリープ小説が完成し〉た。

タイムリープによって二十年未来の知識を得れば、当然のことながら歴史を改変する誘惑にかられるわけだが、それに関して最大のポイントになるのは二〇一一年の東日本大震災。蓮司は匿名アカウントをつくってネット上で警鐘を鳴らす。これについて、著者は朝日新聞のインタビュー「好書好日」で、〈エンタメ小説で震災に触れるのは不謹慎かとも思ったのですが、自分が同じ立場なら、どうにかしたいと思う。社会を変えた大きな出来事から逃げないほうが良いと思った〉と語っている。

過去の改変は原則不可能と書いたが、じつはこの点に関連して、過去（わたしたちが知る歴史）は実は変えられてしまっているという可能性もある（過去を改変した結果はすでに歴史に織り込まれているというパターン）。東日本大震災の津波による死者・行方不明者が蓮司の努力によって一定数減っている可能性もあるし、もしかしたらこの世界では（明確にそう言及されていないだけで）原発事故は起きていないのかもしれない。だとすれば、蓮司は、このタイムリープによってもっと多くの人間を救っていたことになるが、小説的な面白さの中心はそこにはない。ポイントは、あらかじめ決定されている人生（二〇一九年十月二十一日まで）から一歩踏み出し、〝一寸先は闇〟状態に突入した瞬間に蓮司たちが抱く心細さ——これからどうなるのかまったくわからないこと——にある。

当然のことながら、わたしたち読者は（というかすべての人間は）つねにそういう心細い人生を生きている。一秒後になにが起きるのかもわからない。だから占いに頼ったり、未来予測の本を読んだりするわけだが、本書では、タイムリープという要素を導入することで、その不安が鮮やかに描かれる。逆に言うと、蓮司にとってはそこからほんとうの〝冒険〟が始まるわけで、『ダンデライオン』は、未来を知らないふつうの人の人生こそ、それぞれが冒険の連続なのだということを教えてくれる。人生はあらかじめ決定されているかもしれないが、未来を知る由がないかぎり、一秒先も闇。それぞれが主人公となって、いまを切り拓き、未来に踏み込んでいくしかないのである。

（おおもり・のぞみ／書評家）

―本書のプロフィール―

本書は、二〇一八年十月に小学館より刊行された単行本を文庫化したものです。

協力／REAL COFFEE ENTERTAINMENT

小学館文庫

ダンデライオン

著者　中田永一（なかたえいいち）

二〇二一年十月十一日　初版第一刷発行

発行人　飯田昌宏
発行所　株式会社 小学館
〒一〇一-八〇〇一
東京都千代田区一ツ橋二-三-一
電話　編集〇三-三二三〇-五七二〇
販売〇三-五二八一-三五五五
印刷所――大日本印刷株式会社

ISBN978-4-09-407076-7